Collection f
dirigée p
Jean-Olivier
et Pierre Ma
D0524772

Armandine, Lucie, Aurore Dupin, baronne Dudevant, dite **George Sand,** est née à Paris, le 1er juillet 1804.
Recueillie à la mort de son père par sa grand-mère, Mme Dupin, elle passe son enfance à la campagne dans le domaine de Nohant, dans l'Indre : période de rêveries, de longues soirées passées à écouter les histoires de la campagne, qui va influencer son œuvre future.
En 1822, elle se marie avec le baron Dudevant. De ce mariage naissent deux enfants. Mais très vite, elle se sépare d'avec son mari, et, en 1831, elle quitte Nohant avec ses enfants pour Paris. Là elle mène une vie de bohème qui va scandaliser la bonne société ; par ses accoutrements : on la rencontre souvent habillée « en homme », fumant la pipe ou le cigare ; et par ses aventures sentimentales : avec Jules Sandeau (qui lui donne le pseudonyme de Sand), Alfred de Musset, Pierre Leroux... et Chopin, aux côtés duquel elle vivra dix ans à partir de 1837.

Mais la baronne Dudevant est devenue George Sand. Elle a publié sous ce pseudonyme, en 1832, un roman, *Indiana,* qui a connu un grand succès. Suivront des œuvres de caractère sentimental, telles *Valentine, Lélia,* etc., qui sont le reflet de sa vie d'alors.
A partir de 1846, George Sand se lie avec les démocrates et utopistes sociaux (il ne faut pas oublier que Louis-Philippe règne alors en France), Barbès, Arago, Lamennais. Ses œuvres en subissent le contrecoup : *Horace,* publié en 1841, *Le Meunier d'Angibault*, publié en 1845, montrent ses préoccupations sociales et humanitaires.
En 1848, elle veut participer à la Révolution ; elle cherche à fonder un journal pour exprimer ses idées. Mais l'insurrection de la même année l'épouvante. Elle quitte Paris, se réfugie à Nohant. Elle va devenir alors « la bonne dame de Nohant ».
De cette époque datent *La Petite Fadette, Les Maîtres sonneurs* et autres merveilleux romans champêtres. Également des ouvrages romanesques tels *Les Beaux Messieurs de Bois-Doré,* en 1858.
C'est à Nohant que George Sand meurt, le 8 juin 1876.

Maurice Dudevant, dit **Maurice Sand** (1823-1889), est l'auteur des illustrations de *l'Histoire du véritable Gribouille* (écrite par George Sand en 1850). Fils de George Sand, il a lui aussi écrit de nombreux romans qu'il a parfois illustrés.

Grand collectionneur de jouets mécaniques, passionné par la pêche à la ligne, tel est **Henri Galeron,** qui, d'autre part, a dessiné la couverture de *Gribouille.* Henri Galeron a publié de nombreuses illustrations chez différents éditeurs de livres pour la jeunesse, dont Harlin Quist, François Ruy-Vidal. Dans la collection Folio Junior vous pourrez le retrouver dans *Charlie et la chocolaterie* de Roald Dahl, *Sama prince des éléphants* de René Guillot, *L'Appel de la forêt* de Jack London, etc.

A MADEMOISELLE VALENTINE FLEURY

Ma chère mignonne, je te présente ce petit conte et souhaite qu'il t'amuse pendant quelques heures de ton heureuse convalescence.

En gribouillant ce Gribouille, j'ai songé à toi. Je ne te l'offre pas pour modèle, puisque, en fait de bon cœur et de bon esprit, c'est toi qui m'en as servi.

GEORGE SAND.

Nohant, 26 juillet 1850.

George Sand

Histoire du véritable Gribouille

Illustrations de Maurice Sand

Gallimard

Première partie

Comment Gribouille se jeta dans la rivière par crainte de se mouiller

Il y avait une fois un père et une mère qui avaient un fils. Le fils s'appelait Gribouille, la mère s'appelait Brigoule et le père Bredouille. Le père et la mère avaient six autres enfants, trois garçons et trois filles, ce qui faisait sept, en comptant Gribouille qui était le plus petit.

Le père Bredouille était garde-chasse du roi de ce pays-là, ce qui le mettait bien à son aise. Il avait une jolie maison au beau milieu de la forêt, avec un joli jardin dans une jolie clairière, au bord d'un joli ruisseau qui passait tout au travers du bois. Il avait le droit de chasser, de pêcher, de couper des arbres pour se chauffer, de cultiver un bon morceau de terre, et encore avait-il de l'argent du roi, tous les ans, pour garder sa chasse et soigner sa faisanderie ; mais le méchant homme ne se touvait pas encore assez riche, et il ne faisait que voler et rançonner les voyageurs, vendre le gibier du roi, et envoyer en prison les pauvres gens qui

venaient ramasser trois brins de bois mort, tandis qu'il laissait les riches, qui le payaient bien, chasser dans les forêts royales tout leur soûl. Le roi, qui était vieux et qui ne chassait plus guère, n'y voyait que du feu.

La mère Brigoule n'était pas tout à fait aussi mauvaise que son mari, et elle n'était pas non plus beaucoup meilleure : elle aimait l'argent, et quand son mari avait fait quelque chose de mal pour en avoir, elle ne le grondait point, tandis qu'elle l'eût volontiers battu quand il faisait des coquineries en pure perte.

Les six enfants de Bredouille et de Brigoule, élevés dans des habitudes de pillage et de dureté, étaient d'assez mauvais garnements. Leurs parents les aimaient beaucoup et leur trouvaient beaucoup d'esprit, parce qu'ils étaient devenus chipeurs et menteurs aussitôt qu'ils avaient su marcher et parler. Il n'y avait que le petit Gribouille qui fût maltraité et rebuté, parce qu'il était trop simple et trop poltron, à ce qu'on disait, pour faire comme les autres.

Il avait pourtant une petite figure fort gentille, et il aimait à se tenir proprement. Il ne déchirait point ses habits, il ne salissait point ses mains, et il ne faisait jamais de mal, ni aux autres ni à lui-même. Il avait même toutes sortes de petites inventions qui le faisaient passer pour simple, et qui, dans le fait, étaient d'un enfant bien avisé. Par exemple, s'il avait grand chaud, il se retenait de boire, parce qu'il avait expérimenté que plus on boit plus on a soif. S'il avait grand-faim et qu'un pauvre lui vînt demander son pain, il le lui donnait vitement, se disant à part soi : « Je sens ce qu'on souffre quand on a faim, et ne dois point le laisser endurer aux autres. »

C'est Gribouille qui, des premiers, imagina de se frotter les pieds et les mains avec de la neige pour n'avoir point d'engelures. C'est lui qui donnait les jouets qu'il aimait le plus aux enfants qu'il aimait le moins, et quand on lui demandait pourquoi il agissait ainsi, il répondait que c'était pour venir à bout d'aimer ces mauvais camarades, parce qu'il avait découvert qu'on s'attache à ceux qu'on a obligés. Avait-il envie de dormir dans le jour, il se secouait pour se réveiller, afin de mieux dormir la nuit suivante. Avait-il peur, il chantait pour donner la peur à ceux qui la lui avaient donnée. Avait-il envie de s'amuser, il retardait jusqu'à ce qu'il eût fini son travail, afin de s'amuser d'un meilleur cœur après avoir fait sa tâche. Enfin il entendait à sa manière le moyen d'être sage et content ; mais, comme ses parents l'entendaient tout autrement, il était moqué et rebuté pour ses meilleures idées. Sa mère le fouettait souvent, et son père le repoussait chaque fois que l'enfant venait pour le caresser.

« Va-t'en de là, imbécile, lui disait ce brutal de père, tu ne seras jamais bon à rien. »

Ses frères et sœurs, le voyant haï, se mirent

à le mépriser, et ils le faisaient enrager, ce que Gribouille supportait avec beaucoup de douceur, mais non pas sans chagrin : car bien souvent il s'en allait seul par la forêt pour pleurer sans être vu et pour demander au ciel le moyen d'être aimé de ses parents autant qu'il les aimait lui-même.

Il y avait dans cette forêt un certain chêne que Gribouille aimait particulièrement : c'était un grand arbre très vieux, creux en dedans, et tout entouré de belles feuilles de lierre et de petites mousses les plus fraîches du monde. L'endroit était assez éloigné de la maison de Bredouille et s'appelait le carrefour Bourdon. On ne se souvenait plus dans le pays pourquoi on avait donné ce nom à cet endroit-là. On pensait que c'était un riche seigneur, nommé Bourdon, qui avait planté le chêne, et on n'en savait pas davantage. On n'y allait presque jamais, parce qu'il était tout entouré de pierres et de ronces qu'on avait de la peine à traverser.

Mais il y avait là du gazon superbe, tout rempli de fleurs, et une petite fontaine qui s'en allait, en courant et en sautillant sur la mousse, se perdre dans les rochers environnants.

Un jour que Gribouille, plus maltraité et plus triste que de coutume, était allé gémir tout seul au pied du chêne, il se sentit piqué au bras, et, regardant, il vit un gros bourdon qui ne bougeait, et qui avait l'air de le narguer. Gribouille le prit par les ailes, et le posant sur sa main :

« Pourquoi me fais-tu du mal, à moi qui ne t'en faisais point ? lui dit-il. Les bêtes sont donc aussi méchantes que les hommes ? Au reste, c'est tout naturel, puisqu'elles sont bêtes, et ce serait aux hommes de leur donner un meilleur exemple. Allons, va-t'en, et sois heureux ; je ne te tuerai point, car tu m'as pris pour ton ennemi, et je ne le suis pas. Ta mort ne guérirait pas la piqûre que tu m'as faite. »

Le bourdon, au lieu de répondre, se mit à faire le gros dos dans la petite main de Gribouille et à passer ses pattes sur son nez et sur ses ailes, comme un bourdon qui se trouve bien et qui oublie les sottises qu'il vient de faire.

« Tu n'as guère de repentir, lui dit Gribouille, et encore moins de reconnaissance. Je suis fâché pour toi de ton mauvais cœur, car tu es un beau bourdon, je n'en saurais disconvenir : tu es le plus gros que j'aie jamais vu, et tu as une robe noire tirant sur le violet qui n'est pas gaie, mais qui ressemble au manteau du roi. Peut-être que tu es quelque grand personnage parmi les bourdons, c'est pour cela que tu piques si fort. »

Ce compliment, que Gribouille fit en souriant, quoique le pauvre enfant eût encore la larme à l'œil, parut agréable au bourdon, car il se mit à frétiller des ailes. Il se releva sur ses pattes, et tout d'un coup, faisant entendre un chant sourd et grave, comme celui d'une contrebasse, il prit sa volée et disparut.

Gribouille, qui souffrait de sa piqûre, mais qui n'était pas si simple qu'il ne connût les propriétés des herbes de la forêt, cueillit diverses feuilles, et, après avoir bien lavé son bras dans le ruisseau, y appliqua ce baume et puis s'endormit. Pendant son premier sommeil, il lui sembla entendre une musique singulière :

c'était comme de grosses voix de chantres de cathédrale qui sortaient de dessous terre et qui disaient en chœur :

Bourdonnons, bourdonnons,
Notre roi s'avance.

Et le ruisselet, qui fuyait sur les rochers, semblait dire d'une voix claire aux fleurettes de ses rives :

Frissonnons, frissonnons,
L'ennemi s'avance.

Et les grosses souches du chêne avaient l'air de se tordre et de ramper sur l'herbe comme des couleuvres. Les pervenches et les marguerites, comme si le vent les eût secouées, tournoyaient sur leurs tiges comme des folles ; les grandes fourmis noires, qui aimaient à butiner dans l'écorce, descendaient le long du chêne et se dressaient tout étonnées sur leur derrière ; les grillons sortaient du fond de leurs trous et mettaient le nez à la fenêtre. Enfin, le feuillage et les roseaux tremblaient et sifflaient si fort, que le pauvre Gribouille fut réveillé en sursaut par tout ce tapage.

Mais qui fut bien étonné ? ce fut Gribouille, quand il vit devant lui un grand et gros monsieur tout habillé de noir, à l'ancienne mode, qui le regardait avec des yeux tout ronds, et

qui lui parla ainsi d'une grosse voix ronflante et en grasseyant beaucoup :

« Tu m'as rendu un service que je n'oublierai jamais. Va, petit enfant, demande-moi ce que tu voudras, je veux te l'accorder.

– Hélas ! Monsieur, répondit Gribouille tout transi de peur, ce que j'aurais à vous demander, vous ne pourrez pas faire que cela soit. Je ne suis pas aimé de mes parents, et je voudrais l'être.

– Il est vrai que la chose n'est point facile, répondit le monsieur habillé de noir ; mais je ferai toujours quelque chose pour toi. Tu as beaucoup de bonté, je le sais, je veux que tu aies beaucoup d'esprit.

– Ah ! monsieur, s'écria Gribouille, si, pour avoir de l'esprit, il faut que je devienne méchant, ne m'en donnez point. J'aime mieux rester bête et conserver ma bonté.

– Et que veux-tu faire de ta bonté parmi les méchants ? reprit le gros monsieur d'une voix plus sombre encore et en roulant ses yeux, ardents comme braise.

– Hélas ! Monsieur, je ne sais que vous répondre, dit Gribouille de plus en plus effrayé ; je n'ai point d'esprit pour vous parler, mais je n'ai jamais fait de mal à personne : ne me donnez pas l'envie et le pouvoir d'en faire.

– Allons, vous êtes un sot, repartit le monsieur noir. Je vous laisse, je n'ai pas le temps de vous persuader ; mais nous nous reverrons, et, si vous avez quelque chose à me demander, souvenez-vous que je n'ai rien à vous refuser.

– Vous êtes bien bon, monsieur », répondit

Gribouille, dont les dents claquaient de peur. Mais aussitôt le monsieur se retourna, et son grand habit de velours noir, étant frappé par le soleil, devint gros bleu d'abord et puis d'un violet magnifique ; sa barbe se hérissa, son manteau s'enfla ; il fit entendre un rugissement sourd plus affreux que celui d'un lion, et, s'élevant lourdement de terre, il disparut à travers les branches du chêne.

Gribouille alors se frotta les yeux et se demanda si tout ce qu'il avait vu et entendu était un rêve. Il lui sembla que c'en était un en effet, et que, du moment seulement où le monsieur s'était envolé, il s'était senti tout de bon éveillé. Il ramassa son bâton et sa gibecière et s'en retourna à la maison, car il craignait d'être encore battu pour s'être absenté trop longtemps.

A peine fut-il entré que sa mère lui dit :

« Ah ! vous voilà ? Il est bien temps de revenir. Voyez un peu l'imbécile, à qui le plus grand bonheur du monde arrive et qui ne s'en doute seulement pas ! »

Quand elle eut bien grondé, elle prit la peine de lui dire que M. Bourdon était venu dans la forêt, qu'il s'était arrêté dans la maison du garde-chasse, qu'il y avait mangé un grand pot de miel, qu'il avait pour cela payé un beau louis de vrai or, enfin, qu'après avoir regardé l'un après l'autre tous les enfants, frères et sœurs de Gribouille, il avait dit à la mère Brigoule : « Ça, madame, n'avez-vous point un enfant plus jeune que ceux-ci ? » Et ayant appris qu'il y en avait un septième, âgé seulement de douze ans et qu'on appelait Gribouille, il s'était écrié : « Oh ! le beau nom ! voilà l'enfant que je cherche. Envoyez-le-moi, car je veux faire sa fortune. » Là-dessus il était sorti, sans s'expliquer autrement.

« Mais, dit Gribouille tout stupéfait, qu'est-ce donc que M. Bourdon ? car je ne le connais pas.

– M. Bourdon, répondit la mère, est un riche seigneur qui vient d'arriver dans le pays et qui va acheter une grande terre et un beau château tout près d'ici. Personne ne le connaît, mais tout le monde s'accorde à dire qu'il est généreux et jette l'or et l'argent à pleines mains. Peut-être bien qu'il est un peu fou, mais, puisqu'il a de la fantaisie pour votre nom de Gribouille, allez-vous-en vite le trouver, car, pour sûr, il veut vous faire un riche présent.

– Et où irai-je le trouver ? dit Gribouille.

– Dame ! je n'en sais rien, répondit Brigoule ; j'étais si interloquée que je n'ai pas pensé à le lui demander ; mais sûrement qu'il demeure déjà dans le château qu'il est en train d'acheter. C'est à la lisière de la forêt ; vous connaissez tout le pays, et il faudrait que vous fussiez bien sot pour ne pas trouver un homme que tout le monde connaît déjà et dont on parle comme d'une merveille. Allez, partez, dépêchez-vous, et ce qu'il vous donnera, ayez bien soin de le rapporter ici : si c'est de l'argent, n'en prenez rien pour vous ; si c'est quelque chose à manger, ne le flairez seulement point ; remettez-le tel que vous l'aurez reçu à votre père ou à moi. Sinon, gare à votre peau !

– Je ne sais pas pourquoi vous me dites tout cela, ma chère mère, répondit Gribouille ; vous savez bien que je ne vous ai jamais rien dérobé, et que je mourrais plutôt que de vous tromper.

– C'est vrai que vous êtes trop bête pour cela, reprit sa mère ; allons, ne raisonnez point, et partez. »

Quand Gribouille fut sur le chemin du château que sa mère lui avait indiqué, il se sentit bien fatigué, car il n'avait rien mangé depuis le matin, et la journée finissait. Il fut obligé de s'asseoir sous un figuier qui n'avait encore que des feuilles, car ce n'était point la saison des fruits, et il allait se trouver mal de faiblesse quand il entendit bourdonner un essaim au-dessus de sa tête. Il se dressa sur la pointe des pieds, et vit un beau rayon de miel dans un creux de l'arbre. Il remercia le ciel de ce secours, et mangea un peu de miel le plus proprement qu'il put. Il allait continuer sa route, lorsque, du creux de l'arbre, sortit une voix perçante qui disait : « Arrêtez ce méchant ! A moi, mes filles, mes servantes, mes esclaves ! mettons en pièces ce voleur qui nous prive de nos richesses ! »

Qui eut grand-peur ? ce fut Gribouille.

« Hélas ! mesdames les abeilles, fit-il en tremblant, pardonnez-moi. Je mourais de faim, et vous êtes si riches, que je ne croyais pas vous faire grand tort en goûtant un peu à votre miel ; il est si bon, si jaune, si parfumé, votre miel ! vrai, j'ai cru d'abord que c'était de l'or, et c'est quand j'y ai goûté que j'ai compris que c'était encore meilleur et plus agréable à trouver que de l'or fin.

— Il n'est pas trop sot, reprit alors une petite voix douce, et, pour ses jolis compliments, je vous prie, chère Majesté, ma mère, de lui faire grâce et de le laisser continuer son chemin.

Là-dessus il se fit dans l'arbre un grand bourdonnement, comme si tout le monde parlait à la fois et se disputait ; mais personne ne sortit, et Gribouille se sauva sans être poursuivi. Quand il se trouva un peu loin, il eut la curiosité de se retourner, et il vit l'endroit qu'il avait quitté si brillant, qu'il s'arrêta pour regarder. Le soleil, qui se couchait, envoyait une grande lumière dans les branches du figuier, et dans ce rayon, qui, à force d'être vif, faisait mal aux yeux, il y avait une quantité innombrable de petites figures transparentes

qui dansaient et tourbillonnaient en faisant une fort jolie musique. Gribouille regarda tant qu'il put ; mais, soit qu'il fût trop loin, soit que le soleil lui donnât dans les yeux, il ne put jamais comprendre ce qu'il voyait. Tantôt c'était comme des dames et des demoiselles qui avaient des robes dorées et des corsages bruns ; tantôt c'était tout simplement une ruche d'abeilles qui reluisait dans le ciel en feu.

Mais, comme la nuit venait toujours et que le soleil descendait derrière les buissons, Gribouille ne vit bientôt plus rien, et il se remit en marche pour le château de M. Bourdon.

Il marcha longtemps, longtemps, se croyant toujours près de la lisière du bois, et enfin il s'aperçut qu'il ne savait où il était et qu'il s'était perdu. Il s'assit encore une fois pour se reposer, et il avait grande envie de dormir ; mais, pour ce qu'il avait peur des loups, il sut se tenir éveillé, et marcher encore le plus longtemps qu'il put. Enfin il allait se laisser tomber de fatigue, lorsqu'il vit beaucoup de lumières qui brillaient à travers les arbres, et, quand il se fut avancé de ce côté-là, il se trouva en face d'une grande belle maison tout illuminée et où l'on faisait, du haut en bas, grand bruit de bal, de musique et de cuisine.

Gribouille, tout honteux de se présenter si tard, alla pourtant frapper à la grande porte et demanda à parler au maître de la maison, si le maître de la maison s'appelait M. Bourdon.

« Et vous, lui répondit le portier, entrez, si vous vous appelez Gribouille, car nous avons commandement de bien recevoir celui qui porte ce nom-là. Monseigneur achète ce château et donne une grande fête. Vous lui parlerez demain.

– A la bonne heure, répondit Gribouille, car je m'appelle Gribouille, en effet.

– En ce cas, venez souper et vous reposer. »

Et là-dessus on l'emmena dans une belle chambre que Gribouille prit pour celle du maître de la maison, et qui n'était cependant que celle de son premier valet de chambre. On lui servit un beau souper de fruits et de confitures. Il aurait mieux aimé une bonne

soupe et un bon morceau de pain, mais il n'osa en demander, et, quand il eut apaisé sa faim le mieux qu'il put, on lui dit qu'il pouvait se jeter sur le lit et faire un somme.

Il profita de la permission, mais le bruit qui se faisait dans toute la maison l'empêcha de dormir de bon cœur. A chaque instant on ouvrait les portes, et il entendait la musique des grosses contrebasses qui ronflaient comme le tonnerre. On refermait les portes, la musique paraissait finie ; mais alors on entendait le cliquetis des casseroles dans la cuisine et des flacons dans l'office, et le chuchotement des valets qui avaient l'air de comploter je ne sais quoi, si bien que Gribouille, tantôt écoutant, tantôt rêvant, ne savait point au juste s'il était éveillé ou endormi.

Tout d'un coup, il lui sembla que le valet de chambre de Monseigneur, qui l'avait si bien traité, entrait et s'approchait de son lit. Il le regardait dormir, encore qu'il parût n'avoir point d'yeux dans sa vilaine grosse tête. Gribouille eut peur et voulut lui parler, mais le valet de chambre se mit à faire *tic, tac,* et à remuer les bras et les jambes, et puis à monter au plafond, à redescendre, à remonter encore, à croiser des fils sur d'autres fils avec beaucoup d'adresse et de promptitude, toujours faisant *tic, tac,* comme une pendule. D'abord ce jeu amusa Gribouille ; mais, quand il se vit tout enveloppé dans un grand filet, il eut peur encore une fois et voulut parler : ce lui fut impossible, car, au lieu de sa voix ordinaire, il ne sortit de son gosier qu'un petit sifflement aigu et faible comme celui d'un cousin. Il essaya de sortir ses bras du lit, et au lieu de

bras, il se vit des petites pattes si menues, qu'il craignit, en les remuant, de les casser. Enfin il s'aperçut qu'il était devenu un pauvre petit moucheron, et que ce qu'il avait pris pour le valet de chambre de monseigneur Bourdon n'était qu'une affreuse araignée d'une grandeur démesurée, toute velue, et tout occupée de le prendre dans sa toile pour le dévorer. Pour le coup, Gribouille fut si effrayé qu'il réussit à s'éveiller, et il ne vit dans la chambre que le domestique, sous sa forme naturelle, qui était occupé à fourrer dans son buffet des bouteilles pleines, des couverts d'argent, des vases précieux et des bijoux qu'il volait pendant la fête, se promettant de mettre ses larcins sur le compte de quelque pauvre diable moins avancé que lui dans les bonnes grâces de Monseigneur.

D'abord Gribouille ne comprit pas ce qu'il faisait, mais il le devina, lorsque le valet se tourna vers lui d'un air effrayé et menaçant, et qu'il lui dit d'une voix sèche et cassée qui ressemblait au mouvement d'une vieille horloge usée : « Pourquoi me regardez-vous, et pourquoi ne dormez-vous pas ? »

Gribouille, qui n'était pas du tout si simple que l'on croyait, ne fit semblant de rien, et, se levant, il demanda la permission d'aller voir la fête, puisque aussi bien le bruit l'empêchait de dormir. « Allez, allez, vous êtes libre », lui dit le valet, qui aimait bien autant être débarrassé de lui.

Gribouille s'en alla donc droit devant lui, monta des escaliers, en descendit, traversa plusieurs chambres, et vit quantité de choses auxquelles il ne comprit rien du tout, mais qui ne laissèrent pas de le divertir. Dans une de ces chambres, il y avait beaucoup de messieurs habillés de noir et de dames très parées qui jouaient aux cartes et aux dés en se disputant des monceaux d'or.

Dans une autre salle, d'autres hommes noirs et d'autres femmes parées et bariolées dansaient au son des instruments. Ceux qui ne dansaient pas avaient l'air de regarder, mais ils bourdonnaient si bruyamment qu'on n'entendait plus la musique.

Ailleurs on mangeait debout, d'un air affamé, et pas moitié aussi proprement que Gribouille avait coutume de le faire. On allait d'une chambre à l'autre, on se poussait, on mourait de chaud, et tout ce monde agité paraissait triste ou en colère.

Enfin le jour parut, et on ouvrit les fenêtres. Gribouille, qui s'était assoupi sur une banquette, crut voir s'envoler, par ces fenêtres ouvertes, de grands essaims de bourdons, de frelons et de guêpes, et quand il ouvrit les yeux, il se trouva seul dans la poussière. Les lustres s'éteignaient, les valets, harassés, se jetaient en travers sur les canapés et sur les tables. D'autres faisaient main basse sur les restes des buffets. Gribouille s'en alla achever paisiblement son somme sous les arbres du jardin, lequel était fort beau et tout rempli de fleurs magnifiques.

Quand il s'éveilla, bien rafraîchi et bien reposé, il vit devant lui un gros et grand mon-

sieur, tout habillé de velours noir tirant sur le violet, et ressemblant si fort à celui qu'il avait vu en rêve sous le chêne du carrefour Bourdon, qu'il pensa que ce fût le même. Il ne put s'empêcher de lui dire :

« Eh bonjour, monsieur le Bourdon, comment vous portez-vous depuis hier matin ?

— Gribouille, répondit le riche seigneur avec la même voix ronflante et le même grasseyement que Gribouille avait entendus dans son rêve, je suis bien aise de vous voir ; mais je suis étonné de ce que vous me demandez, car c'est la première fois que nous nous rencontrons. Je sais que vous êtes arrivé cette nuit, mais j'étais couché, et je ne vous ai point vu. »

Gribouille, pensant qu'il avait dit une sottise en parlant de son rêve comme d'une chose que M. Bourdon devait se rappeler, chercha à réparer ses paroles imprudentes en lui demandant s'il n'était point malade.

« Moi, point du tout, je me porte au mieux, répondit M. Bourdon ; pourquoi me demandez-vous cela ?

— C'est à cause, reprit Gribouille, de plus en plus interdit, que vous donniez un grand bal, et que je pensais que vous y seriez.

— Non, cela m'aurait beaucoup ennuyé, répondit M. Bourdon. J'ai donné une fête pour montrer que je suis riche, mais je me dispense d'en faire les honneurs. Ça, parlons de vous, mon cher Gribouille : vous avez bien fait de venir me voir, car je vous veux du bien.

– C'est donc à cause que je m'appelle Gribouille ? demanda Gribouille, qui n'osait faire de questions raisonnables, dans la crainte de faire encore quelque bévue.

– C'est à cause que vous vous appelez Gribouille, répondit M. Bourdon ; cela vous étonne, mais apprenez, mon enfant, que, dans ce monde, il ne s'agit pas de comprendre ce qui nous arrive, mais d'en profiter.

– Eh bien, monsieur, dit Gribouille, quel bien est-ce que vous voulez me faire ?

– C'est à vous de parler », répondit le seigneur.

Gribouille fut bien embarrassé, car, de tout ce qu'il avait vu, rien ne lui faisait envie, et d'ailleurs tout lui semblait trop beau et trop riche pour qu'il fût honnête de le désirer. Quand il eut un peu réfléchi, il dit :

« Si vous pouviez me faire un don qui me fît aimer de mes parents, je vous serais fort obligé.

– Dites-moi d'abord, fit M. Bourdon, pourquoi vos parents ne vous aiment point, car vous me semblez un fort gentil garçon.

Hélas ! Monsieur, reprit Gribouille, ils disent comme ça que je suis trop bête.

– En ce cas, dit M. Bourdon, il faut vous donner de l'esprit. »

Gribouille, qui, dans son rêve, avait déjà refusé l'esprit, n'osa pas cette fois montrer de la défiance.

« Et que faut-il faire, dit-il, pour avoir de l'esprit ?

– Il faut apprendre les sciences, mon petit ami. Sachez que je suis un habile homme et que je puis vous enseigner la magie et la nécromancie.

– Mais comment, dit Gribouille, apprendrai-je ces choses-là, dont je ne connais même pas le nom, si je suis trop simple pour apprendre quoi que ce soit ?

– Ces choses-là ne sont pas difficiles, répondit M. Bourdon, je me charge de vous les montrer ; mais, pour cela, il faut que vous veniez demeurer avec moi et que vous soyez mon fils.

– Vous êtes bien honnête, monsieur, dit Gribouille, mais j'ai des parents, je les aime et ne les veux point quitter. Quoiqu'ils aient d'autres enfants qu'ils aiment mieux que moi, je puis leur être nécessaire, et il me semble que ce serait mal de ne plus vouloir être leur fils.

– C'est comme vous voudrez, dit M. Bourdon, je ne force personne. Bonjour, mon cher Gribouille, je n'ai pas le temps de causer davantage avec vous, puisque vous ne voulez pas rester avec moi. Si vous changez d'avis, ou si vous souhaitez quelque autre chose, venez me trouver. Vous serez toujours bien reçu. »

Et là-dessus M. Bourdon entra dans une charmille, et Gribouille se trouva tout seul.

Quand Gribouille revint à la maison de son père et qu'il se vit près d'arriver, il se sentit tout joyeux, car il se dit en lui-même : « Sans le savoir, M. Bourdon m'a donné le moyen de me faire aimer de mes parents ; car, lorsqu'ils sauront qu'on m'a proposé de les quitter pour devenir le fils d'un homme si riche, et que j'ai refusé d'avoir d'autres parents que ceux que le bon Dieu m'a donnés, on verra bien que je ne suis pas un mauvais cœur. Mon père et ma mère m'embrasseront, et ils commanderont à mes frères et sœurs de m'embrasser aussi. »

Du plus loin qu'il aperçut la mère Brigoule, qui l'attendait avec impatience au bout de son verger, il se mit à courir et voulut, d'un air riant, se jeter dans ses bras, mais elle, sans lui en donner le temps :

« Qu'apportes-tu ? lui dit-elle, où est le cadeau qu'on t'a fait ? »

Et quand elle vit qu'il n'apportait rien, elle voulut le battre, pensant qu'il avait perdu en chemin ce qu'on lui avait donné ; mais Gribouille la pria de l'écouter, lui disant qu'après elle le pourrait gronder et punir s'il avait man-

qué à son devoir. Alors il rapporta mot pour mot l'entretien qu'il avait eu avec M. Bourdon, mais, au lieu de l'embrasser et de le remercier, sa mère prit une branche de saule et commença à le fouailler, en criant après lui. Le père Bredouille arriva et demanda ce que c'était.

« Voyez ce coquin, ce mauvais cœur, cet âne, dit la mère tout enragée, il n'a pas voulu être le fils et l'héritier d'un homme qui est plus riche que le roi. Il est si sot, qu'il n'a même pas songé, en le quittant, à lui demander un beau sac d'écus ou une bonne place pour nous dans sa maison, ou un joli morceau de terre pour augmenter notre avoir. »

Le père Bredouille battit Gribouille à son tour, et si fort, que la mère, qui craignait qu'il ne le fît mourir, le lui retira des mains en disant :

« En voilà assez pour une fois. »

Gribouille, désolé, demanda à ses parents ce qu'il devait faire pour leur plaire, disant que, s'il lui fallait aller demeurer avec M. Bourdon, il s'y soumettait. Mais tandis que sa mère, qui l'aimait encore un peu pour lui-même, et qui eût été flattée de le voir riche et bien vêtu, disait oui, son père, qui ne croyait pas à sa bonté et qui ne jugeait pas possible l'oubli de tant d'outrages qu'on avait faits à Gribouille, disait non. Il aimait mieux l'envoyer de temps en temps chez M. Bourdon, espérant que celui-ci lui donnerait de l'argent qu'il rapporterait à la maison, par crainte d'être battu.

Or donc, au bout de deux ou trois jours, on l'habilla misérablement, on lui mit une veste toute déchirée, de gros sabots aux pieds, un sarrau bien malpropre, et on l'envoya ainsi chez M. Bourdon pour faire croire que ses parents n'avaient pas le moyen de l'habiller, et pour faire pitié à ce riche seigneur. En même temps, on lui commanda de demander une grosse somme.

Gribouille, qui aimait tant la propreté, fut bien humilié de se présenter sous ces méchantes guenilles, et il en avait les larmes aux yeux. Mais M. Bourdon ne l'en reçut pas plus mal ;

car, malgré sa brusquerie et sa grosse voix, il avait l'air d'un bon homme et surtout paraissait aimer Gribouille sans que Gribouille pût deviner pourquoi.

« Gribouille, lui dit-il, je ne suis pas fâché de voir que vous songiez à vous-même. Prenez tout ce qu'il vous plaira. »

Il lc conduisit alors dans une grande cave qui était si pleine d'or, de diamants, de perles et de pierreries, qu'on marchait dessus, et encore y en avait-il plus de sept grands puits très profonds qui étaient remplis jusqu'aux bords.

Gribouille, pour obéir à ses parents, prit seulement de l'or, car il ne savait pas que les diamants sont encore plus précieux. On lui avait dit d'en prendre le plus possible, il en mit donc dans toutes ses poches, mais avec aussi peu de plaisir que si ce fussent des cailloux ; car il ne voyait pas à quoi cela pouvait lui servir.

Il remercia M. Bourdon avec plus d'honnêteté que de contentement, et s'en retourna, disant : « Cette fois, je ferai voir à mes parents que j'ai obéi, et peut-être qu'ils m'embrasseront. »

Comme il se trouvait fatigué de porter tant d'or et qu'il se trouvait à passer non loin du carrefour de Bourdon, il se détourna un peu du chemin pour aller s'y reposer. Il mangea quelques glands du vieux chêne, qu'il connaissait pour meilleurs que ceux des autres chênes de la forêt, étant doux comme sucre et tendres comme beurre. Puis il but au ruisseau et se disposait à faire un somme, lorsqu'il vit ses trois frères et ses trois sœurs se jeter sur lui, le pincer, le mordre, l'égratigner, et lui enlever tout son trésor.

Gribouille défendait son or comme il pouvait, disant : « Laissez-le-moi porter à la maison pour que mon père et ma mère voient que j'ai fait leur volonté, et après cela vous me le prendrez si vous voulez. »

Mais ils ne l'écoutaient point et continuaient à le voler et à le maltraiter, lorsque tout à coup il se fit un grand bruit dans le chêne, comme si dix mille grosses contrebasses y donnaient un concert, et aussitôt un essaim de gros frelons, guêpes et bourdons de différentes espèces s'abattit sur les frères et sœurs de Gribouille, et se mirent à les piquer si fort en les poursuivant, qu'ils arrivèrent à la maison tout enflés, les uns presque aveugles, les autres ayant des mains grosses comme la tête, tous quasi défigurés et criant comme des damnés. Cependant Gribouille, qui s'était trouvé au milieu de l'essaim, n'avait pas une seule piqûre, et il avait pu ramasser son or et l'apporter à la maison. Tandis que Brigoule lavait et pansait ses autres enfants, Bredouille, qui ne songeait qu'à l'argent, s'occupait d'interroger et de fouiller Gribouille, et, cette fois, il le complimentait et lui

reprochait seulement d'être un paresseux et un douillet qui aurait eu la force d'en apporter le double. On mit les autres enfants au lit, car ils étaient fort malades, et plusieurs pensèrent en crever.

Mais, dès le lendemain, Bredouille ayant voulu compter l'or avec sa femme, il fut bien étonné de le voir se fondre dans ses doigts et se répandre sur la table en liqueur jaune et poissante, qui n'était autre chose que du miel, et encore du miel très mauvais et plus amer que sucré.

« Pour le coup, dit Brigoule en lavant sa table avec beaucoup de colère, M. Bourdon est sorcier, et il nous sera difficile de l'affiner. Il ne nous faut point mettre mal avec lui, et, au lieu de lui demander de l'argent, il faut lui faire des présents. Il m'a semblé qu'il aimait le miel plus qu'il ne convient à un homme raisonnable, et c'est sans doute pour nous en demander qu'il nous fait cette malice.

– Cela me paraît clair, répondit Bredouille, envoyons-lui du meilleur de nos ruches, et je pense que pour cela il nous payera bien. »

Le jour suivant, on mit sur un âne un beau baril de miel superbe, et on envoya Gribouille chez M. Bourdon.

Mais Gribouille ne fut pas plus tôt arrivé auprès du figuier où il avait entendu et vu des choses si surprenantes, qu'une grande clameur d'abeilles sortit de l'arbre, se jeta sur l'âne, qui prit le galop et s'enfuit, laissant là son baril, et criant comme un âne qu'il était.

Alors Gribouille, à qui tout cela donnait bien à penser, vit paraître devant lui deux dames d'une beauté merveilleuse, escortées de tant d'autres dames et damoiselles, qu'il était impossible de les compter. La plus grande de toutes était habillée richement et comme portée en l'air par une quantité d'autres. A ses côtés, une jeune princesse fort belle voltigeait gracieusement.

« Imprudent ! dit la reine (car, à son manteau royal et à sa manière de se faire porter sur le dos des autres, Gribouille vit bien que c'était une tête couronnée), tu as deux fois mérité la mort, car tu t'es fait le libérateur et le complai-

sant du roi des bourdons, notre ennemi mortel. Mais la princesse ma fille, que tu vois ici présente, m'a deux fois demandé ta grâce. Elle prétend que tu peux nous rendre service, et nous allons voir si l'on peut compter sur toi.

— Ordonnez-moi ce que vous voudrez,

madame la Reine, répondit Gribouille ; je n'ai jamais eu dessein de vous offenser, et je vous trouve si belle, que j'aurais du plaisir à vous servir.

– Petit enfant, dit alors la reine d'un ton radouci, car elle aimait les compliments, écoute bien ce que je vais te dire. Laisse là ce pauvre chiffon de miel que tu portais au roi des bourdons, et porte-lui ces paroles qui lui plairont davantage. Dis-lui que la reine des abeilles est lasse de la guerre, qu'elle reconnaît que les frelons et les bourdons sont maintenant trop nombreux et trop forts pour être défaits en bataille rangée. Les industrieux sont contraints de faire part aux conquérants des richesses qu'ils ont amassées et de signer un traité de paix. Je sais bien que le roi des bourdons se croit si fort qu'il prétend nous imposer des conditions humiliantes ; mais je sais aussi qu'il ambitionne la main de ma fille et qu'il n'espère pas l'obtenir. Va lui dire que je la lui donne en mariage, à condition qu'il laissera nos ruches en paix, et qu'il se contentera d'une forte part de nos trésors que ma fille lui apportera en dot. »

Ayant ainsi parlé, la reine disparut ainsi que sa fille et toute sa cour, et Gribouille ne vit plus qu'un grand amas d'abeilles qui se pendaient en grappes aux branches du figuier.

Il reprit sa course et alla raconter à M. Bourdon comme quoi ses parents l'ayant chargé d'un baril de beau miel, la reine des abeilles le lui avait ôté, et le discours qu'elle l'avait chargé de faire au roi des bourdons.

« Comme vous êtes très savant, ajouta Gribouille, peut-être pourrez-vous m'enseigner où je trouverai ce roi-là, à moins que vous ne le soyez vous-même, ce que j'ai toujours soupçonné, sans avoir pour cela mauvaise opinion de vous.

— Fantaisies, rêveries que tout cela ! dit M. Bourdon en riant. C'est bien, c'est bien, Gribouille, vous avez fait votre commission. Parlons de vous, mon enfant ; vous voyez que vous n'aurez jamais raison avec vos parents, ils sont trop fins et vous ne l'êtes pas assez.

Voulez-vous rester avec moi ? vous n'aurez plus jamais rien à craindre de leur part, et vous deviendrez un si habile homme, que vous commanderez à toute la terre. »

Gribouille soupira et ne répondit point. Et là-dessus M. Bourdon lui tourna le dos, car il ne s'arrêtait jamais longtemps à la même place, et, bien qu'on ne lui vît jamais rien faire, il avait l'air d'être toujours très occupé et grandement pressé.

Toutes les fois que M. Bourdon lui parlait de le garder et de l'instruire, Gribouille se sentait comme transi de peur sans savoir pourquoi. Il retourna chez ses parents et leur raconta tout ce qui lui était arrivé. Il avait bien peur d'avouer que la reine des abeilles avait repris le miel et mis l'âne en fuite ; mais il le fallait bien, et, pour s'excuser, il fut forcé de dire qu'il n'avait pas eu affaire à de simples abeilles, mais à une reine, à toute sa cour et à toute son armée.

Il s'attendait à être traité de menteur et de visionnaire ; mais Bredouille, qui croyait aux sorciers parce qu'il avait essayé de l'être, se gratta l'oreille et dit à sa femme : « Il y a de la magie dans tout cela ! Gribouille est en passe de devenir plus riche qu'un roi, puisqu'il est à même de devenir sorcier. Il est bien simple pour cela, mais il dépend de M. Bourdon de lui ouvrir l'esprit. Laissons-le faire, car, si nous nous y opposons, il nous ruinera et fera périr nos enfants. J'ai dans l'idée que ces frelons qui les ont si bien mordus n'étaient pas des insectes de petite volée. Envoyons-lui donc Gribouille, car, si Gribouille devient aussi riche qu'un roi, par amour-propre il élèvera sa famille aux plus hautes dignités. »

Alors, s'adressant à Gribouille : « Petit, lui dit-il, retournez de ce pas chez M. Bourdon. Dites-lui que votre père vous donne à lui, et gardez-vous d'en marquer le moindre déplaisir. Restez avec lui, je vous le commande, et, si vous ne le faites, soyez assuré que je vous ferai mourir sous le bâton. »

Gribouille, ainsi congédié, partit en pleurant. Sa mère eut un petit moment de chagrin et sortit pour le reconduire un bout de chemin, puis elle le quitta après l'avoir embrassé, ce qui fit tant de plaisir au pauvre Gribouille, qu'il accepta son sort dans l'espérance d'être aimé et caressé par ses parents lorsqu'il viendrait les voir.

M. Bourdon reçut fort bien Gribouille. Il le fit richement habiller, lui donna une belle chambre, le fit manger à sa table, et envoya quérir trois pages pour le servir. Puis il commença à le faire instruire dans l'art de la magie.

Mais Gribouille ne fit pas grand progrès. On lui faisait faire des chiffres, des chiffres, des calculs, des calculs, et cela ne l'amusait guère, d'autant plus qu'il ne comprenait guère à quoi cela pourrait lui servir. Sa richesse ne le rendait point heureux. Il était content d'être propre, et c'est tout. Il voyait fort peu M. Bourdon, qui paraissait toujours grandement affairé, et qui lui disait en lui tapant sur la joue : « Apprends les chiffres, apprends les calculs avec le maître que je t'ai donné ; quand tu sauras cela, je serai ton maître moi-même, et je t'apprendrai les grands secrets. »

Gribouille aurait bien voulu aimer M. Bourdon, qui lui faisait tant de bien ; mais il n'en pouvait venir à bout. M. Bourdon était railleur sans être plaisant, bruyant sans être gai, prodigue sans être généreux. On ne savait jamais à quoi il pensait, si toutefois il pensait à quelque chose. Il était quelquefois brutal, et le plus souvent indifférent. Il avait une manie qui répugnait à Gribouille, c'était de ne vivre que de miel, de sirops et de confitures, ce qui ne l'empêchait pas d'être gros et gras, mais ce dont il usait avec tant de voracité qu'il en était mal propre. Gribouille n'aimait point à l'embrasser, parce qu'il avait toujours la barbe poissée.

Cependant, malgré la dépense que faisait M. Bourdon, il devenait chaque jour plus riche, et, comme le royaume de ce pays-là était gouverné par un monarque très faible et très ruiné, M. Bourdon achetait toutes ses terres,

toutes ses métairies, toutes ses forêts. Bientôt il lui acheta ses courtisans, ses serviteurs, ses troupeaux et ses armées. Le roi devint si pauvre, si pauvre, que, sans l'aide de quelques domestiques fidèles qui le nourrissaient, il serait mort de faim. Il conservait le titre de roi, mais il n'était plus que le premier ministre de M. Bourdon, qui lui faisait faire toutes ses volontés, et qui était le roi véritable.

A quelque temps de là, on vit arriver dans la contrée une très belle et très riche princesse, avec une grande reine qui était sa mère, et qui venait traiter du mariage de cette demoiselle avec M. Bourdon. L'affaire fut bientôt conclue. Il y eut des fêtes à en crever ; on invita le roi, qui fut bien content d'être du repas de noces, et quand M. Bourdon fut marié, il parut plus riche de moitié qu'auparavant.

Sa femme était fort jolie et fort spirituelle, elle traitait Gribouille avec beaucoup d'amitié ; mais Gribouille ne réussissait pas à l'aimer autant qu'il l'eût souhaité. Elle lui faisait toujours peur, parce qu'elle lui rappelait la princesse des abeilles qu'il avait cru voir sous le figuier, le jour où l'essaim avait mis son âne en fuite, et lorsqu'elle l'embrassait, il s'imaginait toujours qu'elle allait le piquer. Elle avait la même manie de manger du miel et des sirops, qui déplaisait tant à Gribouille dans M. Bourdon. Et puis elle parlait toujours d'économie, et tandis que l'on apprenait à Gribouille l'art de compter, elle le tourmentait en lui disant sans cesse qu'il lui fallait aussi l'art de produire.

A tout prendre, la maison de M. Bourdon devint plus tranquille après son mariage, mais elle n'en fut pas plus gaie. Mme Bourdon était avare, elle faisait durement travailler tout le monde. Le royaume s'en ressentait et devenait très riche. On faisait toutes sortes de travaux, on bâtissait des villes, des ports de mer, des palais, des théâtres ; on fabriquait des meubles et des étoffes magnifiques ; on donnait des fêtes où l'on ne voyait que diamants, dentelles et brocarts d'or. Tout cela était si beau, si beau, que les étrangers en étaient éblouis. Mais les pauvres n'en étaient pas plus heureux, parce que, pour gagner de l'argent dans ce pays-là, il fallait être très savant, très fort ou très adroit, et ceux qui n'avaient ni esprit ni savoir, ni santé, étaient oubliés, méprisés et forcés de voler, de demander l'aumône, ou de mourir de faim comme le vieux roi. On s'aperçut même que tout le monde devenait méchant : les uns parce qu'ils étaient trop heureux, les autres parce qu'ils ne l'étaient pas assez. On se disputait, on se haïssait. Les pères reprochaient aux enfants de ne pas grandir assez vite pour gagner de l'argent ; les enfants reprochaient aux pères de ne pas mourir assez tôt pour leur en laisser. Les maris et les femmes ne s'aimaient point, parce que M. et Mme Bourdon, qui donnaient le ton,

ne pouvaient pas se supporter. S'étant mariés par intérêt, ils se reprochaient sans cesse leur origine, Mme Bourdon disant à son mari qu'il était un roturier, et M. Bourdon disant à sa femme qu'elle était une bécasse entichée de noblesse. Ils en venaient parfois aux gros mots. Monsieur accusait madame d'être avare ; madame traitait monsieur de voleur.

Gribouille n'assistait pas à ces querelles de ménage et ne comprenait pas pourquoi, dans un pays devenu si beau et si riche, il y avait tant de gens chagrins et mécontents. Pour son compte, il eût pu être heureux, car ses parents, devenus riches, ne le tourmentaient plus guère, et M. Bourdon, tout occupé de ses affaires, ne le contrariait en rien.

Mais Gribouille avait le cœur triste sans savoir pourquoi et s'ennuyait de vivre toujours seul ; il n'avait point d'amis de son âge, tous les autres enfants étaient instruits par leurs parents à être jaloux de sa richesse ; on ne lui faisait point apprendre les choses qu'il eût aimées ; M. Bourdon, tout en le comblant de présents et de plaisirs fort coûteux, ne paraissait pas se soucier de lui plus que du premier venu. Il ne marquait d'estime ni de mépris pour personne, et un jour que Gribouille avait voulu l'avertir que son premier valet de chambre le volait, il avait répondu : « Bon, bon ! il fait son métier. »

Enfin, quand Gribouille eut quinze ans, M. Bourdon le prit par le bras et lui dit : « Mon jeune ami, vous serez mon héritier, parce que les destins ont décrété que je n'aurais point d'enfants de mon dernier mariage. Je le savais, et c'est pourquoi je me suis marié sans crainte de vous faire du tort ; vous serez donc très riche, et vous l'êtes déjà, puisque tout ce que j'ai vous appartient. Mais, après moi, il vous faudra prendre beaucoup de peine et soutenir beaucoup de combats pour conserver vos biens, car la famille de ma femme me hait et n'est retenue de me faire la guerre que par la crainte que j'inspire. La race des abeilles tout entière conspire contre moi, et n'attend que le moment favorable pour fondre sur mes terres et reprendre tout ce qu'elle prétend lui appartenir.

« Il est donc temps que je vous instruise de mes secrets, afin que l'habileté vous sauve de la force quand vous ne m'aurez plus. Venez avec moi. »

Là-dessus M. Bourdon monta dans son car-

rosse avec Gribouille, et fit prendre le chemin du carrefour Bourdon. Quand ils furent auprès du chêne, M. Bourdon renvoya son équipage, et, prenant Gribouille par la main, il le fit asseoir sur les racines de l'arbre et lui dit :

« Avez-vous quelquefois mangé de ces glands ?

– Oui, répondit Gribouille, car je sais qu'ils sont bons, tandis que les autres glands de la forêt sont amers et bons pour les pourceaux.

– En ce cas, vous êtes plus avancé que vous ne pensez. Eh bien ! puisque ces fruits vous plaisent, mangez-en. »

Gribouille en mangea avec plaisir, parce que cela lui rappelait son enfance ; mais tout aussitôt il se sentit accablé d'un grand sommeil, et il ne lui sembla plus voir ni entendre M. Bourdon que dans un rêve.

D'abord il lui sembla que M. Bourdon frappait sur l'écorce du chêne et que le chêne s'entrouvrait ; alors Gribouille vit dans l'intérieur de l'arbre une belle ruche d'abeilles avec tous ses gâteaux blonds et dorés, et toutes les abeilles, dans leurs cellules propres et succulentes, bien renfermées chacune chez soi. On entendait pourtant des voix mignardes qui babillaient dans toutes les chambres, et qui disaient : *Amassons, amassons ; gardons, gardons ; refusons, refusons ; mordons, mordons.*

Mais une voix plus haute fit faire silence, en criant du fond de la ruche : *Taisez-vous, taisez-vous, l'ennemi s'avance.*

Alors M. Bourdon commença à bourdonner et à grimper le long de l'arbre, et à frapper de l'aile et de la patte à la cellule de la reine qui se barricadait et tirait ses verrous. M. Bourdon fit entendre une voix retentissante comme une trompe de chasse, et des milliers, des millions, des milliards de bourdons, de frelons et de guêpes parurent, d'abord comme un nuage dans le ciel, et bientôt comme une armée terrible qui se précipita sur la ruche. Les abeilles se décidèrent à sortir pour se défendre, et Gribouille assista à un combat furieux où chacun cherchait à percer un ennemi de son dard ou à lui manger la tête. La mêlée devint plus horrible lorsque des branches du chêne descendit une nouvelle armée qui, sans prendre parti dans la querelle, ne parut songer qu'à tuer au hasard pour emporter et manger les cadavres. C'était toute une république de grosses fourmis qui avait sa capitale non loin de là, et qui était allée prendre le frais sur les feuilles, et tâcher en même temps de lécher un peu de miel qui coulait de la ruche, et dont les fourmis sont aussi friandes que les bourdons. Chaque fois qu'un insecte blessé tombait sur le dos, ou se roulait dans les convulsions de la colère et de l'agonie, vingt fourmis s'acharnaient à le pincer, à le mordre, à le tirailler, et, après l'avoir fait mourir à petit feu, appelaient vingt autres des leurs qui emportaient le mort vers la fourmilière. Dans ce désordre, le miel, ruisselant par les portes brisées des cellules, empiégea si

bien les combattants et les voleurs, que grand nombre périrent étouffés, noyés ou percés par leurs ennemis, dont ils ne pouvaient plus se défendre. Enfin les frelons restèrent maîtres du champ de bataille, et alors commença une orgie repoussante. Les vainqueurs, se gorgeant de miel au milieu des victimes, et marchant sur les cadavres des mères et des enfants, s'enivrèrent d'une façon si indécente, que beaucoup crevèrent d'indigestion en se roulant pêle-mêle avec les morts et les mourants.

Quant à M. Bourdon, à qui l'on avait apporté les clefs de la ruche sur un plat d'argent, il se mit à rire d'une manière odieuse, et prenant Gribouille par la peau du cou : « Allez donc, poltron, lui dit-il, profitez donc de la curée, car c'est pour vous qu'on a fait tout ce massacre.

Profitez-en, mangez, prenez, pillez, tuez, allez donc ! »

Et il le lança au fond de la ruche, qui était devenue un lac de sang. Gribouille s'agita pour en sortir, et, roulant le long du chêne, il alla tomber dans la capitale des fourmis, où à l'instant même il fut saisi par trente millions de paires de pinces qui le tenaillèrent si horriblement, qu'il fit un grand cri et s'éveilla. Mais, en ouvrant les yeux, il ne vit plus rien que de très vraisemblable : le chêne s'était refermé, la fourmilière avait disparu, quelques abeilles voltigeaient discrètement sur le serpolet, quelques frelons buvaient les gouttelettes d'eau que le ruisseau faisait jaillir sur les feuilles de ses rives, et M. Bourdon, aussi tranquille qu'à l'ordinaire, regardait Gribouille en ricanant.

« Eh bien ! Monsieur l'endormi, lui dit-il, voilà comme vous prenez votre première leçon ? vous vous abandonnez au sommeil pendant que je vous explique les lois de la nature ?

– Je vous en demande bien pardon, répondit Gribouille encore tout saisi d'horreur. Ce n'est pas pour mon plaisir que j'ai dormi de la sorte, car j'ai fait des rêves abominables.

– C'est bon, c'est bon, reprit M. Bourdon, il faut s'habituer à tout. Mais où en étions-nous ?

– Vraiment, monsieur, dit Gribouille, je n'en sais rien. Il me semblait que vous me disiez de tuer, de piller, de manger.

– C'est quelque chose comme cela, reprit M. Bourdon ; je vous expliquais l'histoire naturelle des frelons et des abeilles. Celles-ci travaillent pour leur usage, vous disais-je ; elles sont fort habiles, fort actives, fort riches et fort avares. Ceux-là ne travaillent pas si bien et ne savent pas faire le miel ; mais ils ont un grand talent, celui de savoir prendre. Les fourmis ne sont pas sottes non plus, elles bâtissent des cités admirables ; mais elles les remplissent de cadavres pour se nourrir pendant l'hiver, et il n'est point de nation plus pillarde et mieux unie pour faire du mal aux autres. Vous voyez donc bien que, dans ce monde, il faut être voleur ou volé, meurtrier ou meurtri, tyran ou esclave. C'est à vous de choisir : voulez-vous conserver comme les abeilles, amasser comme les fourmis, ou piller comme les frelons ? Le plus sûr, selon moi, est de laisser travailler les autres, et de prendre ; prendre, prendre ! mon garçon, par force ou par adresse, c'est le seul moyen d'être toujours heureux. Les avares amassent lentement et jouissent peu de ce qu'ils possèdent ; les pillards sont toujours riches quand même ils dépensent, car, quand ils ont bien mangé, ils recommencent à prendre, et comme il y a toujours des travailleurs économes, il y a toujours moyen de s'enrichir à leurs dépens. Ça, mon ami, je vous ai dit le dernier mot de la science, choisissez, et, si vous voulez être bourdon, je vous ferai recevoir magicien comme je le suis.

– Et quand je serai magicien, dit Gribouille, que m'arrivera-t-il ?

– Vous saurez prendre, répondit M. Bourdon.

– Et pour le devenir, que faut-il faire ?

– Faire serment de renoncer à la pitié et à cette sorte de vertu qu'on appelle la probité.

— Tous les magiciens font-ils ce serment-là ? dit Gribouille.

— Il y en a, répondit M. Bourdon, qui font le serment contraire, et qui font métier de servir, de protéger et d'aimer tout ce qui respire ; mais ce sont des imbéciles qui prennent, par vanité, le titre de bons génies et qui n'ont aucun pouvoir sur la terre. Ils vivent dans les fleurs, dans les ruisseaux, dans les déserts, dans les rochers, et les hommes ne leur obéissent pas ; ils ne les connaissent même point ; aussi ce sont de pauvres génies qui vivent d'air et de rosée et dont le cerveau est aussi creux que l'estomac.

— Eh bien, monsieur Bourdon, répondit Gribouille, vous n'avez pas réussi à me donner de l'esprit, car je préfère ces génies-là au vôtre, et je ne veux en aucune façon apprendre la science de piller et de tuer. Je vous souhaite le bonjour, je vous remercie de vos bonnes intentions, et je vous demande la permission de retourner chez mes parents.

— Imbécile ! répondit M. Bourdon, tes parents sont des frelons qui ont oublié leur ori gine, mais qui n'en ont pas moins tous les instincts et toutes les habitudes de leur race. Ils t'ont battu parce que tu ne savais pas voler. Ils te tueront à présent que tu ne peux le savoir et que tu refuses de l'apprendre.

— Eh bien, dit Gribouille, je m'en irai dans ces déserts dont vous m'avez parlé et où vous dites que demeurent les bons génies.

— Mon petit ami, vous n'irez point, reprit M. Bourdon d'une voix terrible et en roulant ses gros yeux comme deux charbons ardents ; j'ai mes raisons pour que vous ne me quittiez pas, et je vais vous faire tant de piqûres, que vous resterez là pour mort si vous me résistez. »

En parlant ainsi, M. Bourdon étendit ses ailes, et reprenant la figure d'un affreux insecte, il se mit à poursuivre avec rage le pauvre Gribouille, qui s'enfuyait à toutes jambes. Quelque temps il réussit à se préserver en l'écartant avec son chapeau ; mais, enfin, se

voyant sur le point d'être dévoré, il perdit la tête et se précipita dans le ruisseau, dont il descendit le courant à la nage avec beaucoup de vitesse ; mais, à tout instant, le bourdon s'élançait sur ses yeux pour l'éborgner, et il était forcé d'enfoncer sa tête dans l'eau, au risque d'être suffoqué. Alors Gribouille, se voyant perdu, s'écria :

« A mon secours, les bons génies, ne souffrez pas que ce méchant s'empare de moi ! »

Au même instant, une jolie demoiselle aux ailes bleues sortit d'une touffe d'iris sauvages, et, s'approchant de Gribouille :

« Suis-moi, lui dit-elle, nage toujours et n'aie pas peur. »

Et puis elle se mit à voler devant lui, et, en un instant, une grande pluie d'averse commença à tomber et à contrarier fort M. Bourdon, qui ne savait pas voler pendant la pluie. La demoiselle s'en moquait et allait toujours. Le ruisseau se gonflait et emportait Gribouille, qui n'avait plus la force de nager. M. Bourdon essaya de s'acharner après sa proie ; mais la pluie, qui tombait en gouttes aussi larges que la main, le culbuta dans l'eau. Il se sauva

comme il put, à la nage, et gagna les herbes de la rive, où Gribouille le perdit de vue.

Cependant Gribouille avançait toujours, conduit par la demoiselle, et il se trouva à passer devant la porte de la maison de son père. Il vit ses frères et sœurs qui le regardaient par la fenêtre et qui riaient bien fort, pensant qu'il se noyait. Gribouille voulait s'arrêter pour leur dire bonjour, mais la demoiselle le lui défendit.

« Suis-moi, Gribouille, lui dit-elle ; si tu me quittes, tu es perdu.

– Merci, madame la Demoiselle, répondit Gribouille, je veux vous obéir. »

Et, lâchant un arbre auquel il s'était retenu, il recommença à nager aussi vite que le ruisseau, qui était devenu un torrent et qui roulait aussi vite qu'une flèche. Quand il eut dépassé la maison et le jardin de ses parents, Gribouille entendit ses frères et ses sœurs qui le raillaient en criant de toutes leurs forces : *« Fin comme Gribouille, qui se jette dans l'eau par crainte de la pluie. »*

Seconde partie

Comment Gribouille se jeta dans le feu par crainte d'être brûlé

Lorsque Gribouille eut fait environ deux cents lieues à la nage, il se sentit un peu fatigué et il eut faim, quoiqu'il eût fait tout ce chemin en moins de deux heures. Il y avait longtemps qu'il ne descendait plus le cours du ruisseau et qu'il naviguait en pleine mer sans s'en apercevoir, car il lui semblait rêver et ne pas bien savoir ce qui se passait autour de lui. Il ne voyait plus la demoiselle bleue ; il est à croire qu'elle l'avait quitté lorsque le ruisseau s'était jeté dans une rivière, laquelle rivière s'était jetée dans un fleuve, lequel fleuve avait conduit Gribouille jusqu'à la mer.

Gribouille, revenant à lui-même, fit un effort pour se reconnaître, et ne se trouva plus figure humaine : il n'avait plus, en guise de pieds et de mains, que des feuilles vertes toutes mouillées ; son corps était en bois couvert de mousse, sa tête était un gros gland d'Espagne sucré, du moins Gribouille le pensait, car il sentait comme un goût de sucre dans la bouche qu'il n'avait plus. Il fut étonné de se voir dans cet état et de reconnaître que son voyage l'avait changé en une branche de chêne qui flottait sur l'eau. Les gros poissons, qu'il rencontrait par milliers, le flairaient en passant, puis détournaient la tête d'un air de dégoût. Les oiseaux de mer s'abattaient jusque sur lui pour l'avaler ; mais, dès qu'ils l'avaient regardé de près, ils s'en allaient plus loin, pensant que ce n'était point un plat de leur cuisine. Enfin il vint un grand aigle, qui le prit assez délicatement dans son bec et qui l'emporta à travers les airs.

Gribouille eut un peu peur de se voir si haut ; mais il sentit bientôt qu'en le séchant l'air lui donnait de la force et de la nourriture, car sa faim le quitta, et il se fût trouvé fort à l'aise, si les projets de l'aigle à son égard ne lui eussent donné quelque inquiétude.

Cependant, comme il continuait à penser et à raisonner sous sa forme de branche, il se dit bientôt : Je suis près de terre, puisque l'aigle, qui n'est pas un oiseau marin, est venu me chercher dans les eaux ; il m'emporte, et ce n'est pas pour me manger, car il aime la chair et non pas les glands ; il veut donc faire de moi une broussaille pour son nid, et bientôt, sans doute, je vais me trouver sur le faîte d'un arbre ou d'un rocher.

Gribouille raisonnait fort bien. Il vit bientôt le rivage et une grande île déserte où il n'y

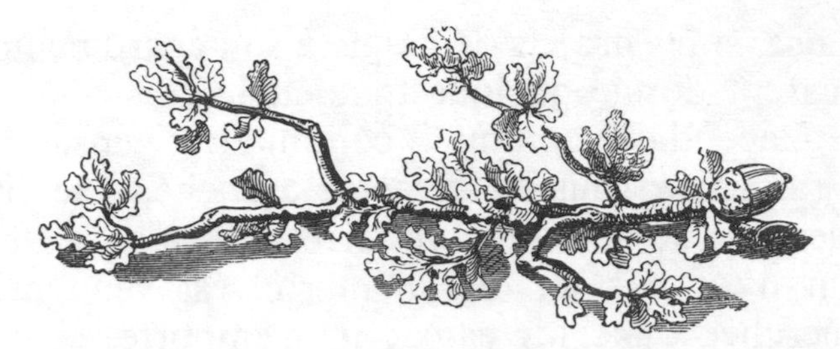

avait que des arbres, de l'herbe et des fleurs qui brillaient au soleil et embaumaient l'air à vingt lieues à la ronde.

L'aigle le déposa dans son aire et partit pour aller chercher quelque autre broussaille. Gribouille, se voyant seul, avait bien envie de s'en aller ; mais comment faire, puisqu'il n'avait plus ni pieds ni jambes ? Au moins, disait-il, quand j'étais sur l'eau, l'eau me poussait et me faisait avancer ; à présent, que deviendrai-je ? je m'en vais certainement me faner, me dessécher et mourir, puisque je suis une branche coupée et jetée aux vents.

Gribouille versa quelques larmes ; mais il reprit courage en songeant que les fées ou les bons génies l'avaient protégé contre les assauts de l'affreux bourdon, et que, sans doute, ils lui avaient fait subir cette métamorphose pour le préserver de ses poursuites. Il aurait bien voulu les invoquer encore, et surtout revoir près de lui la demoiselle bleue qui lui avait parlé sur le ruisseau ; mais il était aussi muet qu'une souche, et il ne pouvait pas faire de lui-même le plus petit mouvement.

Mais voilà que, tout à coup, s'éleva un furieux coup de vent qui bouleversa le nid de l'aigle et transporta Gribouille au beau milieu de l'île.

Il n'eut pas plus tôt touché la terre qu'il vit s'agiter autour de lui toutes les herbes et toutes les fleurs, et un beau narcisse blanc, au pied duquel il s'était trouvé retenu, se pencha, l'embrassa sur la joue, et lui dit : « Te voilà donc enfin, mon cher Gribouille ! il y a bien longtemps que nous t'attendons. »

Une marguerite se prit à rire et dit : « Vraiment, nous allons bien nous amuser, à présent que le bon Gribouille sera des nôtres. »

Et une folle-avoine s'écria : « Je suis d'avis que nous donnions un grand bal pour fêter l'arrivée de Gribouille.

– Patience ! reprit le narcisse, qui avait l'air plus raisonnable que les autres ; vous ne pourrez rien pour Gribouille tant que la reine ne l'aura pas embrassé.

– C'est juste, répondirent les autres plantes ; faisons un somme en attendant ; mais prenons garde que le vent, qui est en belle humeur aujourd'hui, ne nous enlève Gribouille. Enlaçons-nous autour de notre ami. »

Alors le narcisse étendit sur la tête de Gribouille une de ses grandes feuilles, en lui disant : « Dors, Gribouille, voilà un parasol que je te prête. » Cinq ou six primevères se

couchèrent sur ses pieds, une troupe de jeunes muguets vint s'asseoir sur sa poitrine, et une douzaine d'aimables pervenches se roulèrent autour de lui et l'enlacèrent si adroitement, que le plus méchant vent du monde n'eût pu l'emporter.

Gribouille, ranimé par la bonne odeur de

ces plantes affables, par la fraîcheur de l'herbe et le doux ombrage du narcisse, goûta un sommeil délicieux, tandis que les muguets lui faisaient tout doucement cent petits contes à dormir debout, et que les pâquerettes chantonnaient des chansonnettes qui n'avaient ni rime ni raison, mais qui procuraient des rêves fort agréables.

Enfin Gribouille fut réveillé par des voix plus hautes. On chantait et on dansait autour de lui : tout le monde paraissait ivre de joie ; les liserons s'agitaient comme des cloches à toute volée, les graminées jouaient des castagnettes, les muguets faisaient mille courbettes et révérences, et le grave narcisse lui-même chantait à tue-tête, tandis que les pâquerettes riaient à gorge déployée.

« Enfants sans cervelle, dit alors d'un ton maternel une très douce voix, n'avez-vous pas une bonne nouvelle à m'apprendre, ce matin ? »

Aussitôt des millions de voix crièrent ensemble : *Gribouille ! Gribouille ! Gribouille !* Et, s'écartant comme un rideau, toutes les plantes découvrirent aux yeux charmés de Gribouille le doux visage de la reine.

C'était la Reine des prés, cette belle fleur élégante, menue et embaumée qui vient au printemps et qui aime les endroits frais.

« Lève-toi, mon cher Gribouille, dit-elle, viens embrasser ta marraine. »

Aussitôt Gribouille sentit qu'il retrouvait ses pieds, ses bras, ses mains, son visage et toute sa personne. Il se leva bien lestement, et toute la prairie fit un cri de joie à l'apparition du véritable Gribouille. La reine daigna dépouiller son déguisement et elle se montra sous sa figure naturelle, qui était celle d'une fée plus belle que le jour, plus fraîche que le mois de mai et plus blanche que la neige ; seulement elle conservait sa couronne de fleurs de reine des prés, qui, en se mêlant à ses cheveux blonds, semblait plus belle qu'une couronne de grappes de perles fines.

« Allons, mes enfants, dit-elle, levez-vous aussi, et que les yeux dessillés de Gribouille vous voient tels que vous êtes. »

Il y eut un moment d'hésitation, et le narcisse prenant la parole :

« Chère reine, dit-il, tu sais bien que, pour nous faire paraître dans toute notre beauté, il nous faut un de tes divins sourires, et tu es si occupée de l'arrivée de Gribouille, que tu ne songes pas à nous l'adresser. »

La reine sourit tout naturellement à ce reproche, et Gribouille, sur qui ce sourire passa aussi comme un éclair, éprouva un mouvement de joie mystérieuse si subit, qu'il en

pensa mourir. Toute la prairie en ressentit l'effet ; on eût dit que le rayon d'un soleil mille fois plus clair et plus doux que celui qui éclaire les hommes avait ranimé et transformé toutes les choses vivantes. Toutes les fleurs, toutes les herbes, tous les arbustes de l'île devinrent autant de sylphes, de petites fées, de beaux génies qui parurent, les uns sous les traits d'enfants beaux comme les amours, de filles charmantes, de jeunes gens enjoués et raisonnables, les autres sous la figure de superbes dames, de nobles vieillards et d'hommes d'un aspect franc, libre, aimant et fort. Enfin tout ce monde-là était beau et agréable à voir, les vieux comme les jeunes, les petits comme les grands. Tous étaient vêtus des tissus les plus fins, les uns éclatants, les autres aussi doux à regarder que les couleurs des plantes dont ils avaient adopté le nom et les emblèmes. Les enfants faisaient mille charmantes folies, les gens graves les regardaient avec tendresse et protégeaient leurs ébats. Les jeunes personnes dansaient et chantaient, et charmaient par leur grâce et leur modestie. Tous et toutes s'appelaient frères et sœurs et se chérissaient comme les enfants de la même mère, et cette mère était la reine des prés, éternellement jeune et belle, qui ne commandait que par ses sourires et ne gouvernait que par sa tendresse.

Elle prit Gribouille par la main et le promena au milieu des groupes nombreux qui s'étaient formés dans la prairie ; puis, quand tout le monde l'eut choyé et caressé, elle lui dit :

« Va, et sois libre ; amuse-toi, sois heureux : cette fête ne sera pas longue, car j'ai beaucoup d'affaires. Elle ne durera que cent ans, profites-en pour t'instruire de notre science magique. Ici l'on fait les choses vite et bien. Après la fête, je causerai avec toi et je te dirai ce que tu dois savoir pour être un magicien parfait.

— Soit, ma chère marraine, puisque vous l'êtes, dit Gribouille, je me sens en vous une telle confiance que je veux tout ce que vous voudrez. Mais qui fera mon éducation, ici ?

— Tout le monde, dit la reine ; tout le monde est aussi savant que moi, puisque j'ai donné à tous mes enfants ma sagesse et ma science.

— Est-ce donc que vous allez nous quitter

pendant ces cent ans ? dit Gribouille ; j'en mourrais de regret, car je vous aime de tout l'amour que j'aurais eu pour ma mère si elle l'eût permis.

– Je ne te quitterai pas, pour un si court moment que j'ai à passer près de toi et de mes autres enfants, dit la reine. Je reste au milieu de vous ; tu me verras toujours, tu pourras toujours venir près de moi pour me parler et me questionner ; mais tu vois, tes frères et tes sœurs sont impatients de te réjouir et de te fêter. N'y sois pas insensible, car toute cette joie, tout ce bonheur dont tu les vois enivrés, se changeraient en tristesse et en larmes si tu ne les aimais pas comme ils t'aiment.

– A Dieu ne plaise ! » s'écria Gribouille. Et il s'élança au milieu de la fête.

Gribouille ne se demanda pas pourquoi tout ce monde si bon, si beau et si heureux avait tant d'amitié pour un pauvre petit étranger comme lui, sorti du monde des méchants. Il ne se permit pas de douter que la chose fût vraie et certaine. Il sentit tout d'un coup que c'est si doux d'être aimé, qu'il faut vite en faire autant et ne point se tourmenter d'autre chose au monde.

La fête fut belle, et le temps ne cessa pas d'être magnifique. Il y eut pourtant quelquefois de la pluie, mais une pluie tiède qui sentait l'eau de rose, l'eau de violette, de tubéreuse, de réséda, enfin toutes les meilleures senteurs du monde, et on avait autant de plaisir à sentir tomber cette pluie qu'à la sentir sécher dans les cheveux aux rayons d'un bon soleil qui se dépêchait de la boire. Il y eut aussi de l'orage, du vent et du tonnerre, et c'était un bien beau spectacle, auquel on assistait sans rien payer. Il y avait des grottes immenses où l'on se mettait à l'abri pour regarder la mer en fureur, le ciel en feu, et pour entendre les chants extraor-

dinaires et sublimes que le vent faisait dans les arbres et dans les rochers. Personne n'avait peur, pas même les petits sylphes et les jeunes farfadets. Ils savaient qu'aucun mal ne pouvait les atteindre. Quelquefois les ruisseaux, gonflés par l'orage, devenaient des torrents ; c'était une joie, un tumulte parmi les enfants et les jeunes filles à qui les franchirait ; et quand on tombait dedans, on riait plus fort, car rien ne faisait mourir dans ce pays-là, on n'y était même jamais malade. Il arrivait pourtant quelquefois des accidents. Les sylphes étourdis tombaient du haut des arbres, ou les jeunes filles se piquaient les doigts aux rosiers et aux acacias. Les jeunes gens, en exerçant leurs forces, faisaient quelquefois, par mégarde, rouler un rocher sur de graves vieillards qui causaient sans méfiance à quelques pas de là. Mais aussitôt qu'on voyait une blessure, qu'elle fût

grande ou petite, la moindre goutte de sang faisait accourir tout le monde ; on s'empressait à qui verserait la première larme sur cette plaie, et aussitôt elle était guérie par enchantement. Mais cela causait un moment de douleur générale, car tout le monde souffrait à la fois du mal que ressentait le blessé. La reine alors arrivait bien vite, bien vite ; elle souriait, et, comme le blessé était déjà guéri, tout le monde était consolé et transporté d'une joie nouvelle à cause du sourire de la reine.

On ne vivait, dans ce pays-là, que de fruits, de graines et du suc des fleurs ; mais on les apprêtait si merveilleusement, leurs mélanges étaient si bien diversifiés, qu'on ne savait lequel de ces plats exquis préférer aux autres. Tout le monde préparait, servait et mangeait le repas. On ne choisissait point les convives : qu'ils fussent jeunes ou vieux, gais ou sérieux, ils étaient tous parfaitement agréables. On riait avec les uns à en mourir, on admirait la sagesse ou l'esprit des autres. Quand même on devenait grave avec les sages, on ne s'ennuyait jamais, parce qu'ils disaient gracieusement toutes choses, et c'était toujours par amitié pour les autres qu'ils parlaient. Les nuits étaient aussi belles que les jours ; on dormait où l'on se trouvait, sur la mousse, sur le gazon, dans les grottes qui étaient illuminées par plus de cent milliards de vers luisants. Si on ne voulait pas dormir, à cause de la beauté de la lune, on se promenait sur l'eau, dans les forêts, sur les montagnes, et on trouvait toujours à qui causer, car partout on pouvait rejoindre des groupes qui faisaient de la musique ou qui célébraient la beauté de la nature et le bonheur de s'aimer.

Enfin les cent ans s'écoulèrent chacun comme un jour, et quand, à la fin de la centième journée, la reine vint prendre Gribouille par la main, il fut fort étonné, car il croyait être à la fin de la première.

« Mon cher enfant, lui dit-elle, j'ai à te parler ; la fête va finir, viens avec moi. »

Elle monta avec Gribouille sur le sommet le plus élevé de l'île et lui fit admirer la beauté de la contrée des fleurs, où dansait et chantait encore, aux premiers rayons des étoiles, cette race heureuse et charmante dont elle était la mère.

« Hélas ! dit Gribouille, saisi pour la première fois depuis cent ans d'une profonde tristesse, vais-je donc quitter tous ces amis ? vais-je redevenir branche de chêne ? vais-je donc retourner dans le pays où règnent les abeilles avares et les bourdons voleurs ? Ma chère marraine, ne m'abandonnez pas, ne me renvoyez pas ; je ne puis vivre ailleurs qu'ici, et je mourrai de chagrin loin de vous.

– Je ne t'abandonnerai jamais, Gribouille, dit la reine, et tu resteras avec nous si tu veux ; mais écoute ce que j'ai à te dire, et tu verras ce que tu as à faire :

« Le pays où tu es né, et qui aujourd'hui a pris définitivement le nom de royaume des bourdons, parce que M. Bourdon y a été nommé roi, était, avant ta naissance, un pays comme les autres, mêlé de bien et de mal, de bonnes et de mauvaises gens. Tes parents n'étaient pas des meilleurs, leurs enfants leur ressemblaient. Tu vins le dernier, et, par un bonheur extraordinaire, je vins à passer au moment de ta naissance dans la forêt où demeurait ton père. Ta mère était au lit, ton père t'examinait et te trouvait plus chétif que ses autres enfants : "Ma foi, disait-il d'une voix grondeuse sur le seuil de sa porte, voilà un marmot qui me coûtera plus qu'il ne me rapportera. Je ne sais à quoi a pensé ma femme de me donner un fils si petit et si vilain ; si je ne craignais de la fâcher, je le ferais noyer comme un petit chat." Je passais alors sur le ruisseau, sous la forme d'une demoiselle bleue, déguisement que je suis forcée de prendre quand je crains la rencontre du roi des bourdons. Je savais bien que ton père ne te ferait pas mourir, mais je compris qu'il n'était point bon et qu'il ne t'aimerait guère. Je ne pouvais empêcher ce malheur ; mais le besoin que j'ai de faire toujours du bien là où je passe me donna l'idée de t'adopter pour mon filleul et de te douer de douceur et de bonté, ce qui, à mes yeux, était le plus beau présent que je pusse te faire.

« T'ayant donné un baiser en passant et en t'effleurant de mon aile, je poursuivis mon voyage, car j'étais en mission auprès de la reine des fées, et mon premier soin, en arrivant auprès d'elle, fut de lui demander la permission de te rendre heureux. Elle me l'accorda tout d'abord ; mais bientôt nous vîmes arriver le roi des bourdons, qui se fâcha contre elle, contre moi, et fit beaucoup de menaces, disant que ton pays lui avait été promis, et que nul que lui n'avait droit et pouvoir sur le moindre de ses habitants.

« Il faut que tu saches que, d'après nos lois, une partie, grande ou petite, de la terre est assignée pour demeure à chacune des races d'esprits supérieurs, bons ou méchants, qui peuplent le monde des fées et des génies ; mais ce droit est limité à un certain nombre de siècles ou d'années, et ensuite nous changeons de résidence, afin que la même portion de la terre ne reste pas éternellement méchante et malheureuse. De là vient qu'on voit des nations florissantes tomber dans la barbarie, et des nations barbares devenir florissantes, selon que nos bonnes ou mauvaises influences règnent sur elles.

« La reine des fées est aussi juste qu'elle peut l'être, ayant affaire à tant de méchants esprits contre lesquels les bons sont forcés d'être en guerre depuis le commencement du monde ; mais il est écrit dans le grand livre des fées que les méchants esprits, enfants des ténèbres, finiront par se corriger, et que la reine ne doit ni les exterminer, ni les priver des moyens de s'amender. Elle est donc forcée d'écouter leurs promesses, de croire quelquefois à leur repentir, et de leur permettre de recommencer de nouvelles épreuves. Quand ils ont abusé de sa patience et de sa bonté, elle les châtie en les forçant de vivre, des années ou des centaines d'années, sous la forme de certaines plantes et de certains animaux. C'est une faculté que nous avons tous de nous transformer ainsi à volonté ; mais, quand nous subissons cette métamorphose par punition, nous ne sommes plus libres de quitter la forme que l'on nous impose, tant que la reine ne révoque point son arrêt.

— Je suis bien sûr, dit Gribouille, que jamais vous n'avez été punie de la sorte.

— Il est vrai, répondit modestement la reine des prés ; mais, pour en revenir à ton histoire, tu sauras qu'à cette époque le roi des bourdons, qui avait gouverné ton pays environ quatre cents ans auparavant, et qui l'avait affreusement dévasté et maltraité, subissait depuis ce temps-là un châtiment infâme. Il était simple bourdon, une vraie bête brute, condamnée à ramper, à dérober, à bourdonner sur un vieux chêne de la forêt qu'il avait jadis planté de sa propre main, lorsqu'il était le maître et le tyran de la contrée.

— Comment, dit Gribouille, un génie peut-il exister sous cette forme vile, et vivre pendant des siècles de la vie des bêtes ?

— Cela arrive tous les jours, répondit la fée. Rien ne le distingue des autres bêtes, si ce n'est le sentiment de sa misère, de sa honte et de sa déplorable immortalité. Le roi des bourdons était ainsi transformé depuis trois cent quatre-vingt-huit ans lorsque tu vins au monde. Ces trois cent quatre-vingt-huit ans te paraissent bien longs ; mais, dans la vie des êtres immortels, c'est peu de chose, et la punition n'était pas bien dure.

— Comment se fait-il donc, demanda Gribouille, qui s'avisait de tout, que le roi des bourdons, devenu simple et stupide bourdon, se trouvait dans le palais de la reine des fées lorsque vous vîntes demander la permission de me rendre heureux ?

— C'est, répondit la reine des prés, que tous

les cent ans, c'est comme qui dirait chez vous toutes les heures, la reine assemble son conseil et permet à tous ses subordonnés, même à ceux qui subissent une transformation honteuse sur sa terre, de comparaître devant son tribunal pour demander quelque grâce, rendre compte de quelque mission, ou manifester quelque repentir. Mais les mauvais génies sont orgueilleux, et ils viennent rarement faire sincèrement

leur soumission. Le roi Bourdon venait plutôt là pour narguer la reine. Il le fit bien voir, car il lui rappela qu'elle-même avait prononcé que sa peine expirerait la quatre-centième année, et qu'il reprendrait l'empire de ton pays à ce moment-là : "Par conséquent, disait-il, ce Gribouille m'appartient, et la reine des prés (je passe les épithètes grossières dont il m'honora) n'a pas le droit de me l'enlever pour le douer et l'instruire à sa fantaisie." La reine des fées, ayant réfléchi, prononça cette sentence : "La reine des prés, ma fille, a doué cet enfant des hommes de douceur et de bonté ; nul ne peut détruire le don d'une fée, quand il est prononcé par elle sur un berceau. Gribouille sera donc doux et bon ; mais il est bien vrai que Gribouille vous appartient. Eh bien ! je vais prendre une mesure qui, si vous êtes raisonnable, vous empêchera de le tourmenter et de le faire souffrir. Vous ne serez délivré que de sa main. Le jour où il vous dira : 'Va, et sois heureux', vous cesserez d'être un simple bourdon ; vous pourrez quitter votre vieux chêne et régner sur le pays. Mais souvenez-vous de rendre Gribouille très heureux ; car, le jour où il voudra vous quitter, je permettrai à sa marraine de le protéger contre vous, et s'il revient ensuite pour vous punir de votre ingratitude, je ne vous prêterai aucun secours contre lui."

« Là dessus la reine prononça la clôture de son conseil ; je revins à mon île, et le roi des bourdons retourna à son vieux chêne, où, douze ans après, jour pour jour, ta bonté te fit prononcer ces mots fatals : *Va, et sois heureux.*

« Aussitôt le méchant insecte qui t'avait piqué redevint le roi des bourdons et prit tout de suite le nom de M. Bourdon ; car il lui avait été interdit par la reine de se présenter les armes à la main, et il ne pouvait ni déposséder le vieux roi, ni se rendre puissant par la force.

« Tu as vu, Gribouille, ce qu'a fait cc méchant génie. Il a séduit et corrompu les hommes de ton pays par ses richesses. Il a augmenté son pouvoir en épousant la princesse des abeilles qui est, en réalité, la princesse des thésauriseurs. Il a rendu beaucoup de gens très riches et le pays florissant en apparence ; mais, sans persécuter les pauvres, il s'est arrangé de manière à les laisser mourir de faim, parce qu'il a su rendre les riches égoïstes et durs. Les pauvres sont devenus de plus en plus ignorants et méchants à force de colère et de souffrance ; si bien que tout le monde se déteste dans ce malheureux pays, et qu'on voit des personnes mourir de chagrin et d'ennui, quelquefois même se tuer par dégoût de la vie, bien qu'elles soient assez riches pour ne rien désirer sur la terre.

« Or donc, Gribouille, continua la reine, voilà cent ans que tu as quitté ton pays de la manière que l'avait prévu la reine des fées. Ton bon cœur n'a pu supporter l'horreur naturelle

que t'inspirait le roi des bourdons. Il a voulu te retenir de force, je t'ai sauvé de ses griffes ; il règne à présent et il vit toujours, puisqu'il est immortel, quoiqu'il fasse le vieux et parle toujours de sa fin prochaine pour ne pas inquiéter ses sujets. Tes parents ne sont plus. De toutes les personnes que tu as connues, il n'en existe pas une seule. La richesse n'a fait qu'augmenter avec la méchanceté dans ce pays-là ; les hommes en sont venus à s'égorger les uns les autres. Ils se volent, ils se ruinent, ils se haissent, ils se tuent. Les pauvres font comme les riches, ils se tuent entre eux et ils pillent les riches tant qu'ils peuvent ; c'est une guerre continuelle. Les abeilles, les frelons et les fourmis sont dans un travail effroyable pour s'entre-nuire et s'entre-dévorer. Tout cela est venu de ce que l'esprit d'avarice et de pillarderie a étouffé l'esprit de bonté et de complaisance dans tous les cœurs, et de ce qu'on a oublié une grande science dont, seul de tous les hommes nés sur cette terre malheureuse, tu es aujourd'hui possesseur. »

Gribouille commença par pleurer la mort de ses parents comme s'ils eussent été bien regrettables, et il les eût pleurés longtemps si la reine des prés, qui voulait le rendre attentif à ses discours, ne l'eût forcé, par un de ses sourires magiques, à redevenir tranquille et satisfait. Alors, se sentant réveillé comme d'un rêve, il ne vit plus le passé et ne songea qu'à l'avenir.

« Ma chère marraine, dit-il, vous dites que seul, parmi les hommes de mon pays, je possède une grande science. On m'a toujours dit autrefois que j'étais né fort simple. Le roi des bourdons a essayé de me rendre habile. J'ai étudié pendant trois ans, chez lui, la science des nombres, et cela ne m'a rien appris dont je sache me servir. Vous m'avez amené ici et vous m'y avez donné cent ans d'un plaisir et d'un bonheur dont je n'avais pas l'idée ; mais on n'a songé qu'à me divertir, à me caresser, à me rendre content, et véritablement j'ai été si content, si heureux, si gai, si fou peut-être, que je n'ai pas songé à faire la plus petite question, et que je ne me sens pas plus magicien que le premier jour. Vous voyez donc que je suis un grand niais ou un grand étourdi, et vraiment j'en suis tout honteux, car il me semble que, dans l'espace de cent ans, j'aurais pu et j'aurais dû apprendre tout ce qu'un mortel peut savoir, lorsqu'il vit au milieu des fées et des génies.

– Gribouille, dit la reine, tu t'accuses à tort et tu te trompes si tu crois ne rien avoir appris. Voyons, interroge ton propre cœur, et dis-moi s'il n'est pas en possession du secret le plus merveilleux qu'un mortel ait jamais pressenti ?

— Hélas ! ma marraine, répondit Gribouille, je n'ai appris qu'une chose chez vous, c'est à aimer de tout mon cœur.

— Fort bien, reprit la reine des prés, et quelle autre chose est-ce que mes autres enfants t'ont fait connaître ?

— Ils m'ont fait connaître le bonheur d'être aimé, dit Gribouille, bonheur que j'avais toujours rêvé et que je ne connaissais point.

— Eh bien, dit la reine, que veux-tu donc savoir de plus beau et de plus vrai ? Tu sais ce que les hommes de ton pays ne savent pas, ce qu'ils ont absolument oublié, ce dont ils ne se doutent même plus. Tu es magicien, Gribouille, tu es un bon génie, tu as plus de science et plus d'esprit que tous les docteurs du royaume des bourdons.

— Ainsi, dit Gribouille, qui commençait à voir clair en lui-même et à ne plus se croire trop bête, c'est la science que vous m'avez donnée qui guérirait les habitants de mon pays de leur malice et de leurs souffrances ?

— Sans doute, répondit la reine, mais que t'importe, mon cher enfant ? Tu n'as plus rien à craindre des méchants ; tu es ici à l'abri de la rancune du roi des bourdons. Tu seras immortel tant que tu habiteras mon île, aucun chagrin ne viendra te visiter, tes jours passeront en siècles de fêtes. Oublie la malice des hommes, abandonne-les à leurs souffrances. Viens, retournons au concert et au bal. Je veux bien les prolonger encore pour toi d'une journée de cent ans. »

Gribouille interrogea son cœur avant de répondre, et, tout d'un coup, il y trouva ce raisonnement-ci : « Ma marraine ne me dit cela que pour m'éprouver ; si j'acceptais, elle ne m'estimerait plus et je ne m'estimerais plus moi-même. » Alors il se jeta au cou de sa marraine et lui dit : « Faites-moi un beau sourire, ma marraine, afin que je ne meure pas de chagrin en vous quittant, car il faut que je vous quitte. J'ai beau n'avoir ni parents ni amis dans mon pays à l'heure qu'il est, je sens que je suis l'enfant de ce pays et que je lui dois mes services. Puisque me voilà riche du plus beau secret du monde, il faut que j'en fasse profiter ces pauvres gens qui se détestent et qui sont pour cela si à plaindre. J'ai beau être heureux comme un génie, grâce à vos bontés, je n'en suis pas moins un simple mortel, et je veux faire part de ma science aux autres mortels. Vous m'avez appris à aimer ; eh bien ! je sens que j'aime ces méchants et ces fous qui vont me haïr peut-être, et je vous demande de me reconduire parmi eux. »

La reine embrassa Gribouille, mais elle ne

put sourire malgré toute son envie. « Va, mon fils, dit-elle, mon cœur se déchire en te quittant ; mais je t'en aime davantage, parce que tu as compris ton devoir et que ma science a porté ses fruits dans ton âme. Je ne te donne ni talisman, ni baguette pour protéger tes jours contre les entreprises des méchants bourdons, car il est écrit au livre du destin que tout mortel qui se dévoue doit risquer tout, jusqu'à sa vie. Seulement je veux t'aider à rendre les hommes de ton pays meilleurs : je te permets donc de cueillir dans mes prés autant de fleurs que tu en voudras emporter, et chaque fois que tu feras respirer la moindre de ces fleurs à un mortel, tu le verras s'adoucir et devenir plus traitable ; c'est à ton esprit de faire le reste. Quant au roi des bourdons et à ceux de sa famille, il y a longtemps qu'ils seraient corrigés, si cela dépendait de mes fleurs, car, depuis le commencement du monde, ils se nourrissent de leurs sucs les plus doux ; mais cela n'a rien changé à leur caractère brutal, cruel et avide. Préserve-toi donc tant que tu pourras de ces tyrans ; je tâcherai de te secourir ; mais je ne te cache pas que ce sera une lutte bien terrible et bien dangereuse, et que je n'en connais pas l'issue. »

Gribouille alla cueillir un gros bouquet, tout en pleurant et soupirant. Tous les habitants de l'île heureuse avaient disparu. La fête était finie ; seulement, chaque fois que Gribouille se baissait pour ramasser une plante, il entendait une petite voix gémissante qui lui disait :

– Prends, prends, mon cher Gribouille, prends mes feuilles, prends mes fleurs, prends mes branches ; puissent-elles te porter bonheur ! puisses-tu revenir bientôt ! »

Gribouille avait le cœur bien gros ; il eût voulu embrasser toutes les herbes, tous les arbres, toutes les fleurs de la prairie ; enfin il se rendit au rivage où l'attendait sa marraine. Elle tenait à la main une rose dont elle détacha une feuille qu'elle laissa tomber dans l'eau, puis elle dit à Gribouille :

« Voilà ton navire ; pars, et sois heureux dans la traversée. »

Elle l'embrassa tendrement, et Gribouille, sautant dans la feuille de rose, arriva en moins de deux heures dans son pays.

A peine eut-il touché le rivage, qu'une foule de marins accourut, émerveillée de voir aborder un enfant dans une feuille de rose ; car il faut vous dire que Gribouille n'avait pas vieilli d'un jour pendant les cent années qu'il avait passées dans l'île des Fleurs ; il n'avait toujours que quinze ans, et, comme il était petit et menu pour son âge, on ne lui en eût pas donné plus de douze. Mais les mariniers ne s'amusèrent pas longtemps à admirer Gribouille et sa manière de voyager ; ils ne songèrent qu'à avoir la feuille de rose, qui véritablement était unc chose fort belle, étant grande comme un batelet, et si solide qu'elle ne laissait pas pénétrer dans son creux la plus petite goutte d'eau.

« Voilà, disaient les mariniers, une nouvelle invention qui se vendrait bien cher. Combien, petit garçon, veux-tu vendre ton invention ? »

Car ces mariniers étaient riches, et ils s'empressaient tous d'offrir leur bourse à Gribouille, enchérissant les uns sur les autres, et se menaçant les uns les autres.

« Si ma barque vous fait plaisir, dit Gribouille, prenez-la, messieurs. »

Il n'eut pas plus tôt dit cette parole, que les mariniers se jetèrent comme des furieux sur la barque, se donnant des coups à qui l'aurait, s'arrachant des poignées de cheveux et se jetant dans la mer à force de se battre. Mais, comme la barque était une feuille de rose de l'île enchantée, à peine l'eurent-ils touchée qu'ils en éprouvèrent la vertu : ils se sentirent tout calmés par la bonne odeur qu'elle avait, et, au lieu de continuer leur bataille, ils convinrent de garder la barque pour eux tous et de la montrer comme une rareté au profit de toute leur bande.

Cette convention faite, ils vinrent remercier Gribouille de son généreux présent, et, quoiqu'ils fussent encore assez grossiers dans leurs manières, ils l'invitèrent de bon cœur à venir dîner avec eux et à demeurer dans celle de leurs maisons qu'il lui plairait de choisir.

Gribouille accepta le repas, et, comme il portait les habits avec lesquels il avait quitté la contrée cent ans auparavant, il fut bientôt un objet de curiosité pour toute la ville, qui était un port de mer. On vint à la porte du cabaret où il dînait avec les marins, et, la nouvelle de son arrivée en feuille de rose s'étant répandue, la foule s'ameuta et commença à crier qu'il fallait prendre l'enfant, le renfermer dans une

cage, et le montrer dans tout le pays pour de l'argent.

Les mariniers qui régalaient Gribouille essayèrent de repousser cette foule ; mais, quand ils virent qu'elle augmentait toujours, ils lui conseillèrent de se sauver par une porte de derrière et de se bien cacher : « Car vous avez affaire à de méchantes gens, lui dirent-ils, et ils sont capables de vous tuer en se battant à qui vous aura.

– J'irai au-devant d'eux, répondit Gribouille en se levant, et je tâcherai de les apaiser.

– Ne le faites point, dit une vieille femme qui servait le repas, vous feriez comme défunt Gribouille, qui, à ce que m'a conté ma grand-mère, se noya dans la rivière pour se sauver de la pluie. »

Gribouille eut bien envie de rire ; il quitta la table et, ouvrant la porte, il alla au milieu de la foule, tenant devant lui son bouquet qu'il fourrait vitement dans le nez de ceux qui venaient se jeter sur lui. Il n'eut pas plus tôt fait cette expérience sur une centaine de personnes, qu'elles l'entourèrent pour le protéger contre les autres ; et, peu à peu, comme les fleurs de l'île enchantée ne se flétrissaient point et qu'elles répandaient un parfum que n'eût pas épuisé la respiration de cent mille personnes, toute la population de cet endroit-là se trouva calmée comme par miracle. Alors, au lieu de vouloir enfermer Gribouille, chacun voulut lui faire fête, ou tout au moins l'interroger sur son pays, sur ses voyages, sur l'âge qu'il avait, et sur sa fantaisie de naviguer en feuille de rose.

Gribouille raconta à tout le monde qu'il arrivait d'une île où tout le monde pouvait aller, à la seule condition d'être bon et capable d'aimer ; il raconta le bonheur dont on y jouissait, la beauté, la tranquillité, la liberté et la bonté des habitants ; enfin, sans rien dire qui pût le faire reconnaître pour ce Gribouille dont le nom était passé en proverbe, et sans compromettre la reine des prés dans le royaume des bourdons, il apprit à ces gens-là la chose merveilleuse qu'on lui avait enseignée, la science d'aimer et d'être aimé.

D'abord on l'écouta en riant et en le traitant de fou ; car les sujets du roi Bourdon étaient fort railleurs, et ne croyaient plus à rien ni à personne. Cependant les récits de Gribouille les divertirent : sa simplicité, son vieux langage et son habillement, qui, à force d'être vieux, leur paraissaient nouveaux, sa manière gentille et claire de dire les choses, et une quantité de jolies chansons, fables, contes et apologues que les sylphes lui avaient appris en jouant et en riant dans l'île des Fleurs, tout plaisait en lui. Les dames et les beaux esprits de la ville se l'arrachaient, et prisaient d'autant plus sa naïveté que leur langage était devenu prétentieux et quintessencié ; il ne tint pas à eux que Gribouille ne passât pour un prodige d'esprit, pour un savant précoce qui avait étudié les vieux auteurs, pour un poète qui allait bouleverser la république des lettres. Les ignorants n'en cherchaient pas si long : ces pauvres gens l'écoutaient sans se lasser, ne comprenant pas encore où il en voulait venir avec ses contes et ses chansons, mais se sentant devenir plus heureux ou meilleurs quand il avait parlé ou chanté.

Quand Gribouille eut passé huit jours dans cette ville, il alla dans une autre. Partout, grâce à ses fleurs et à son doux parler, il fut bien reçu, et en peu de temps il devint si célèbre, que tout le monde parlait de lui, et que les gens riches faisaient de grands voyages pour le voir. On s'étonnait de son caractère confiant, et qu'il courût au-devant de tous les dangers ; aussi, sans le connaître pour le véritable Gribouille, lui donna-t-on pour sobriquet son véritable nom, chacun disant qu'il justifiait le proverbe, mais chacun remarquant aussi que le danger semblait le fuir à mesure qu'il s'y jetait.

Le roi des bourdons apprit enfin la nouvelle de l'arrivée de Gribouille, et les miracles qu'il faisait ; car Gribouille avait déjà parcouru la moitié du royaume, et s'était fait un gros parti de gens qui prétendaient que le moyen d'être heureux, ce n'est pas d'être riche, mais d'être bon. Et on voyait des riches qui donnaient tout leur argent, et même qui se ruinaient pour les autres, afin, disaient-ils, de se procurer la véritable félicité. Ceux qui n'avaient pas encore vu Gribouille se moquaient de cette nouvelle

mode ; mais, aussitôt qu'ils le voyaient, ils commençaient à dire et à faire comme les autres.

Tout cela fit ouvrir l'oreille au roi Bourdon. Il se dit que ce surnommé Gribouille pourrait bien être le même qu'il avait essayé en vain de retenir à sa cour, et il reconnaissait bien que, depuis le départ de Gribouille, il avait toujours été malheureux au milieu de sa richesse et de sa puissance, parce qu'il s'était toujours senti devenir plus avide, plus méchant, plus redouté et plus haï. L'idée lui vint alors de rappeler Gribouille auprès de lui, de l'amadouer, et, au besoin, de l'enfermer dans une tour, afin de le garder comme un talisman contre le malheur.

Il lui envoya donc une ambassade pour le prier de venir résider à sa cour.

Gribouille accepta et partit pour Bourdonopolis en dépit des prières de ses nouveaux amis, qui craignaient les méchants desseins du roi. Mais Gribouille voulait donner son secret à la capitale du royaume, et il se disait :

« Pourvu que je fasse du bien, qu'importe le mal qui pourra m'arriver ! »

Il fut très bien reçu par le roi, qui fit semblant de ne pas le reconnaître, et qui parut avoir oublié le passé. Mais Gribouille vit qu'il n'avait pas changé, et qu'il ne songeait guère à s'amender. Il ne songea lui-même qu'à se dépêcher de plaire aux habitants de la capitale et de leur donner sa science.

Quand le roi vit que cette science s'apprenait si vite, et plaisait si fort que l'on commençait à ouvrir les yeux sur son compte, à lui désobéir, et même à le menacer de prendre Gribouille pour roi à sa place, il entra en fureur ; mais il se contint encore, et, poussant la ruse jusqu'au bout, il manda Gribouille dans son cabinet, et lui dit :

« On m'assure, mon cher Gribouille, que

vous avez un bouquet de fleurs souveraines pour toutes sortes de maux ; or, comme j'ai un grand mal de tête, je vous prie de me le faire sentir ; peut-être que cela me soulagera. »

En ce moment, Gribouille oublia que sa marraine lui avait dit : « Tu ne pourras rien sur le roi des bourdons ni sur ceux de sa famille ; mes fleurs elles-mêmes sont sans vertu sur ces méchants esprits. » Le pauvre enfant pensa, au contraire, que des plantes si rares auraient le don d'adoucir la méchante humeur du roi. Il tira de son sein le précieux bouquet, qui était toujours aussi frais que le jour où il l'avait cueilli et que nul pouvoir humain n'eût pu lui arracher, puisque tous ceux qui le respiraient en subissaient le charme. Il le présenta au roi, et aussitôt celui-ci enfonça son dard empoisonné dans le cœur de la plus belle rose. Un cri perçant et une grosse larme s'échappèrent du sein de la rose, et Gribouille, saisi d'horreur et de désespoir, laissa tomber le bouquet.

Le roi des bourdons s'en empara, le mit en pièces, le foula aux pieds, puis, éclatant de rire :

« Mon mignon, dit-il à Gribouille, voilà le cas que je fais de votre talisman ; à présent nous allons voir lequel est le plus fort de nous deux, et si vous resterez libre d'exciter des séditions contre moi.

— Hélas ! dit Gribouille, vous savez bien que je n'ai jamais dit un seul mot contre vous, que je ne suis pas jaloux de votre couronne, et que, si j'ai enseigné la douceur et la patience, cela ne vous met point en danger. Vous n'avez qu'à faire de même et à donner le bon exemple, on vous aimera, et on ne songera pas à être gouverné par un autre que par vous.

— Bien, bien, dit le roi, j'aime vos jolis vers et vos joyeuses chansons, et comme je n'en veux rien perdre, vous irez en un lieu où tout cela sera fort bien gardé. »

Là-dessus il appela ses gardes, et, comme Gribouille n'avait plus son bouquet, il fut pris, garrotté et jeté au fond d'un cachot, noir comme un four, où il y avait des crapauds, des salamandres, des lézards, des chauves-souris, des araignées et toutes sortes de vilaines bêtes ; mais elles ne firent aucun mal à Gribouille, qui, en peu de temps, les apprivoisa et conquit même l'amitié des araignées, en leur chantant de jolis airs auxquels elles parurent fort sensibles.

Mais Gribouille n'en était pas moins malheureux : on le faisait mourir de faim et de soif ; il n'avait pas un brin de paille pour se coucher ; il était couvert de chaînes si lourdes, qu'il ne pouvait pas faire un mouvement, et, quoiqu'il ne fît entendre aucune plainte, ses

geôliers l'accablaient d'injures grossières et de coups.

Cependant la disparition de Gribouille fut bientôt remarquée. Le roi fit croire, pendant quelque temps, qu'il l'avait envoyé en ambassade chez un de ses voisins ; mais on vint à découvrir qu'il était prisonnier. Les méchants, qui étaient encore en grand nombre, dirent que le roi avait bien fait, et qu'il ferait sagement de traiter de même tous ceux qui osaient mépriser la richesse et vanter la bonté.

Ceux qui étaient devenus bons pleurèrent Gribouille, et souffrirent pendant quelque temps les menaces et les injures ; mais, Gribouille n'étant plus là pour les retenir et pour leur prêcher le pardon, ils se révoltèrent, et l'on vit commencer une guerre terrible, qui mit bientôt tout le pays à feu et à sang.

Le roi fit des prodiges de cruauté : tous les jours on pendait, on brûlait et on écorchait les révoltés par centaines. De leur côté, les révol-

tés, poussés à bout, ne traitaient pas beaucoup mieux les ennemis qui tombaient dans leurs mains. Du fond de sa prison, Gribouille, navré de douleur, entendait les cris et les plaintes, et ses geôliers, qui commençaient à craindre pour le gouvernement, lui disaient :

« Voilà ton ouvrage, Gribouille ; tu prétendais enseigner le secret d'être heureux, et, à présent, vois comme on l'est, vois comme on s'aime, vois comme vont les choses ! »

Peu s'en fallait que Gribouille ne perdît courage et qu'il ne doutât de la reine des prés ; mais il se défendait de son mieux contre le désespoir, et il se disait toujours : Ma marraine vicndra au secours de ce pauvre pays, et si j'ai fait du mal, elle le réparera.

Une nuit que Gribouille ne dormait pas, car il ne dormait guère, et qu'il regardait un rayon de la lune qui perçait à travers une petite fente de la muraille, il vit quelque chose s'agiter dans ce rayon, et il reconnut sa chère marraine sous la forme de la demoiselle bleue :

« Gribouille, lui dit-elle, voici le moment d'être décidé à tout : j'ai enfin obtenu de la reine des fées la permission de vaincre le roi des bourdons et de le chasser de ce pays, mais c'est à une condition épouvantable, et que je n'ose pas te dire.

– Parlez, ma chère marraine, s'écria Gribouille ; pour vous assurer la victoire et pour sauver ce malheureux pays, il n'y a rien que je ne sois capable de souffrir.

– Et si c'était la mort ? dit la reine des prés

d'une voix si triste que les chauves-souris, les lézards et les araignées du cachot de Gribouille en furent réveillés tout en sueur.

– Si c'est la mort, répondit Gribouille, que la volonté des puissances célestes soit faite ! Pourvu que vous vous souveniez de moi avec affection, ma chère marraine, et que, dans l'île des Fleurs, on chante quelquefois un petit couplet à la mémoire du pauvre Gribouille, je serai content.

– Eh bien, dit la fée, apprête-toi à mourir, Gribouille, car demain éclatera une nouvelle guerre plus terrible que celle qui existe aujourd'hui. Demain tu périras dans les tourments, sans un seul ami auprès de toi, et sans avoir même la consolation de voir le triomphe de mes armes, car tu seras une des premières victimes de la fureur du roi des bourdons. T'en sens-tu le courage ?

– Oui, ma marraine », dit Gribouille.

La fée l'embrassa et disparut.

Jusqu'au jour, qui fut bien long à venir, le pauvre Gribouille, pour combattre l'effroi de la mort, chanta, dans son cachot, d'une voix suave et touchante, les belles chansons qu'il avait apprises dans l'île des Fleurs. Les lézards, les salamandres, les araignées et les rats qui lui tenaient compagnie en furent si attendris, qu'ils vinrent tous se mettre en rond autour de Gribouille et à chanter à leur tour son chant de mort dans leur langue en répandant des pleurs et en se frappant la tête contre les murs.

« Mes amis, leur dit Gribouille, bien que je ne comprenne pas beaucoup votre langage, je vois que vous me regrettez et que vous me plaignez. J'y suis sensible, car, loin de vous mépriser pour votre laideur et la tristesse de votre condition, je vous estime autant que si vous étiez des papillons couverts de pierreries ou des oiseaux superbes. Il me suffit de voir que vous avez un bon cœur pour faire grand cas de vous. Je vous prie, quand je ne serai plus, s'il vient à ma place quelque pauvre prisonnier, soyez aussi doux et aussi affectueux pour lui que vous l'avez été pour moi.

– Cher Gribouille, répondit en bon français un gros rat à barbe blanche, nous sommes des hommes comme toi. Tu vois en nous les derniers mortels qui, après ton départ de ce pays, il y a cent ans et plus, conservèrent l'amour du bien et le respect de la justice. L'affreux roi des bourdons, ne pouvant nous faire périr, nous jeta dans ce cachot et nous condamna à ces hideuses métamorphoses ; mais nous avons entendu les paroles de la fée et nous voyons que l'heure de notre délivrance est venue. C'est à ta mort que nous la devrons ; voilà pourquoi, au lieu de nous réjouir, nous versons des larmes. »

En ce moment, le jour parut et l'on entendit un son de cloches funèbres, et puis un vacarme épouvantable : des cris, des rires, des menaces, des chants, des injures ; et puis les trompettes, les tambours, les fifres, la fusillade, la canonnade, enfin l'enfer déchaîné.

C'était la grande bataille qui commençait.

La reine des prés, à la tête d'une innombrable armée d'oiseaux qu'elle avait amenés de son île, parut dans les airs, d'abord comme un gros nuage noir, et puis, bientôt, comme une multitude de guerriers ailés et emplumés qui s'abattaient sur le royaume des frelons et des abeilles.

A la vue de ce renfort, les habitants révoltés du pays reprirent les armes ; ceux qui tenaient pour le roi en firent autant, et l'on se rangea en bataille dans une grande plaine qui entourait le palais.

Le roi des bourdons, qui n'avait pas l'habitude de regarder en l'air, et qui voyait toujours à ras de terre, ne s'inquiéta pas d'abord de la sédition. Il mit sur pied son armée, qui était composée, en grande partie, de membres de sa famille ; car il avait équipé plus de quarante millions de jeunes bourdons qui étaient les enfants de son premier mariage, et, de son côté, la princesse des abeilles, sa femme, avait tout autant de sœurs dont elle s'était fait un régiment d'amazones fort redoutables.

Mais quelqu'un de la cour ayant levé les yeux et voyant l'armée de la reine des prés dans les airs, avertit le roi qui, tout aussitôt, devint sombre et commença à bourdonner d'une manière épouvantable.

« Or donc, dit-il, le danger est fort grand. Que ces misérables mortels se battent entre eux, laissons-les faire ; nous ne sommes pas trop pour nous défendre contre l'armée des oiseaux qui nous menace. »

La princesse des abeilles, sa femme, lui dit alors :

« Sire, vous perdez la tête ; jamais nous ne pourrons nous défendre des oiseaux ; ils sont aussi agiles et mieux armés que nous. Nous en blesserons quelques-uns et ils nous dévoreront par centaines. Nous n'avons qu'un moyen de transiger, c'est de tirer de prison ce Gribouille, le filleul bien-aimé de la reine des prés. Nous le mettrons sur un bûcher tout rempli de soufre et d'amadou, et nous menacerons cette reine ennemie d'y mettre le feu si elle ne se retire aussitôt.

– Cette fois, ma femme, vous avez raison », dit le roi ; et, aussitôt fait que dit, Gribouille fut placé sur le bûcher, au beau milieu de l'armée des bourdons. Un cerf-volant fort éloquent fut envoyé en parlementaire à la reine des prés pour l'avertir de la résolution où était

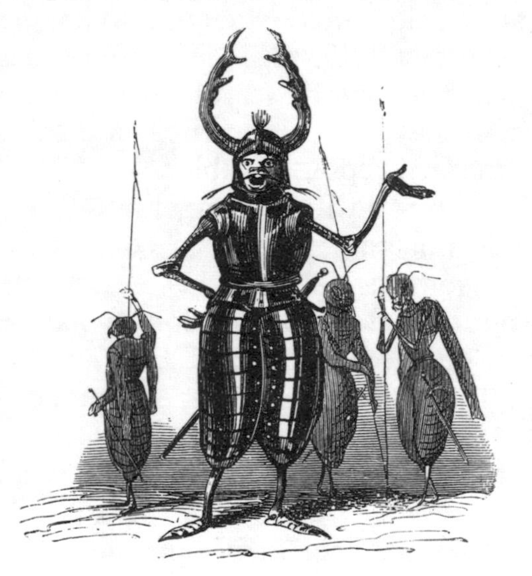

le roi de faire brûler vif le pauvre Gribouille si elle livrait la bataille.

A la vue de Gribouille sur son bûcher, la reine des prés sentit son cœur se fendre, et, le courage lui manquant, elle allait donner le signal de la retraite, lorsque Gribouille, voyant et comprenant ce qui se passait dans le cœur et dans l'armée de la reine, arracha la torche des mains du bourreau, la lança au milieu du bûcher, et se précipita lui-même à travers les flammes où, en moins d'un instant, il fut consumé.

Les partisans du roi se mirent à rire en disant : « Ce Gribouille-là est aussi fin que l'ancien, qui se jeta dans l'eau par crainte de la pluie, puisqu'il se jette dans le feu par crainte d'être brûlé. Vous voyez bien que cet enseigneur de félicités suprêmes est un imbécile et un maniaque. »

Mais ces gens-là ne purent pas rire bien longtemps, car la mort de Gribouille fut le

signal du combat général. Les deux partis se ruèrent l'un sur l'autre ; mais quand les partisans du roi virent que les troupes royales ne venaient pas les appuyer, ils se débandèrent et perdirent la bataille.

Pendant ce temps-là, l'armée des bourdons et celle des abeilles combattaient l'armée des oiseaux. Tous avaient repris leurs formes magiques, et les hommes virent avec horreur une bataille dont ils n'avaient jamais eu l'idée. Des insectes aussi grands que des hommes luttaient avec rage contre des oiseaux dont le moindre était aussi gros qu'un éléphant. Les terribles dards des bêtes piquantes atteignaient parfois les flancs sensibles des alouettes, des fauvettes et des colombes ; mais les mésanges adroites dévoraient les abeilles par milliers, les aigles en abattaient cent d'un coup d'aile, les casoars présentaient leurs casques impénétrables à leurs traits empoisonnés, et l'*oiseau armé,* qui a un grand éperon acéré à chaque épaule, embrochait vingt ennemis à la minute.

Enfin, après une heure de mêlée confuse et d'effroyables clameurs, on vit l'armée des bourdons et de leurs alliés joncher la terre. Les oiseaux blessés se perchèrent sur les arbres, où, grâce au sourire de la reine des prés, ils furent d'abord guéris. Cette reine victorieuse, qui avait repris la figure d'une femme de la plus merveilleuse beauté, avec quatre grandes ailes de gaze bleue, vint s'abattre avec sa cour sur le bûcher de Gribouille.

« Mortels, dit-elle aux habitants du royaume, déposez vos armes et dépouillez vos hai-

nes. Embrassez-vous, aimez-vous, pardonnez-vous, et soyez heureux. C'est la reine des fées qui, par ma bouche, vous le commande. »

En parlant ainsi, la reine des prés sourit, et, à l'instant même, la paix fut faite de meilleur cœur et de meilleure foi que si un congrès de souverains l'eût jurée et signée.

« Ne craignez plus ces frelons et ces abeilles qui vous ont gouvernés, dit alors la reine. Leurs méchants esprits vont comparaître devant le conseil souverain des fées, qui ordonnera de leur sort. Quant à leur dépouille, voyez ce qu'elle va devenir. »

Aussitôt l'on vit sortir de terre une armée effroyable de fourmis noires et monstrueuses, qui ramassèrent avec empressement les cadavres des insectes morts et mourants, et qui les emportèrent dans leurs cavernes avec des démonstrations de joie et de gourmandise qui soulevaient le cœur de dégoût et d'horreur.

Après avoir contemplé ce hideux spectacle, la foule se retourna vers le bûcher de Gribouille, qui n'offrait plus qu'une montagne de cendres ; mais, au faîte de cette montagne, on vit

s'épanouir une belle fleur que l'on nomme *souvenez-vous de moi.* La reine des prés cueillit cette fleur et la mit dans son sein ; puis elle et son armée, prenant les cendres du bûcher, s'envolèrent vers les cieux, et, en partant, ils semaient les cendres de ce bûcher sur toute la contrée. Aussitôt poussaient des fleurs, des moissons, des arbres chargés de fruits, mille richesses qui réparèrent au centuple les pertes occasionnées par la guerre.

Depuis ce jour-là, les habitants du pays de Gribouille vécurent fort heureux sous la protection de la reine des prés, et un temple fut élevé à la mémoire de Gribouille. Tous les ans, à l'anniversaire de sa mort, tous les habitants de la contrée venaient avec des bouquets de fleurs de *souvenez-vous de moi* chanter les chansons que Gribouille leur avait enseignées. Ce jour-là, il était ordonné par les lois du royaume de terminer tous les différends et de pardonner toutes les fautes et toutes les injures. Cela fit du tort aux procureurs et aux avocats qui avaient pullulé dans le pays au temps du roi Bourdon. Mais ils prirent d'autres métiers, puisque aussi bien un temps arriva où il n'y eut plus de procès, et où sur toutes choses tout le monde fut d'accord. Quant à Gribouille, devenu petite fleur, son sort ne fut point regrettable. Sa marraine l'emporta dans son île, où, pour

tout le reste de l'existence des fées, existence dont personne ne connaît le terme, il fut alternativement, pendant cent ans, petite fleur bleue, bien tranquille et bien heureuse au bord d'un ruisseau, dans la prairie enchantée, et, pendant cent ans, jeune et beau sylphe, dansant, chantant, riant, aimant, et faisant fête à sa marraine.

table

PREMIÈRE PARTIE

SECONDE PARTIE

Achevé d'imprimer
le 6 Janvier 1986
sur les presses de
l'Imprimerie Hérissey
à Évreux (Eure)

N° d'imprimeur : 38989
Dépôt légal : Janvier 1986
1er dépôt légal dans la même collection : Octobre 1978
ISBN 2-07-033043-5

Imprimé en France

37072